단지 살인마

최제훈

ARTIST
KOO BOHNCHANG

H
현대문학 × 아티스트
구본창

〈현대문학 핀 시리즈〉는 아티스트의 영혼이 깃든 표지 작업과 함께 하나의 특별한 예술작품으로 재구성된 독창적인 소설선, 즉 예술 선집이 되었다. 각 소설이 그 작품마다의 독특한 향기와 그윽한 예술적 매혹을 갖게 된 것은 바로 소설과 예술, 이 두 세계의 만남이 이루어낸 영혼의 조화로움 때문일 것이다.

구본창 연세대 경영학과 졸업. 독일 함부르크 조형미술대 사진 디자인 전공, 디플롬 학위 취득. 국내외 40여 회 개인전. 샌프란시스코 현대미술관, 필라델피아 박물관, 보스턴 미술관, 휴스턴 뮤지엄 오브 파인 아트, 과천 국립현대미술관, 삼성 리움 등 다수의 박물관에 작품 소장. 작품집 한길아트 『숨』 『탈』 『백자』, 일본 Rutles 『白磁』 『공명의 시간을 담다』 등.

Self-portrait, 2018, Statens Museum for Kunst, Copenhagen, Denmark, Archival pigment print, 50x40

단지 살인마

최제훈
소설

PIN
030

차례

PIN
030

단지 살인마

최제훈

1

첫 번째 희생자는 거구의 20대 남자였다. 각진 스포츠머리에 열 돈짜리 금 목걸이, 체중은 110에서 130킬로그램까지 기사마다 제각각이었다. 시신은 인적이 드문 컨테이너 야적장에서 발견되었다. 등판에서 시작돼 옆구리와 복부까지 덮은 잉어 문신이 자상으로 10여 군데 벌어져 있었고 오른손 새끼손가락이 잘린 채였다. 남자는 인근 도시에서 유흥업소와 불법 오락실을 운영하는 폭력 조직의 말단 조직원임이 밝혀졌다. 최근에 신흥 경쟁 조직으로 옮겨 갔다는 사실도.

평범하게 살아가는 소시민이라면 혀나 한번 차

고 넘어갈 사건이었다. 쯧, 저 바닥에선 아직도 저런 영화 같은 일이 벌어지는구나. 경찰은 남자가 배신한 토착 조직의 간부들을 조사했으나 뚜렷한 혐의점을 찾아내지 못했다. 시신과 사건 현장에서도 쓸 만한 단서는 나오지 않았다. 살인사건 기사는 '다시 활개 치는 지방 조폭' '범죄와의 휴전?' 같은 기획물로 넘어갔다가 흐지부지 자취를 감추었다. 마지막 기사까지 꼼꼼히 챙겨 보았지만 사라진 새끼손가락에 대한 언급은 없었다.

두 번째 희생자인 여고생의 시신은 공사장에 쌓아놓은 콘크리트 하수관 안에서 발견되었다. 교복과 머리채가 쥐어뜯기고 온몸이 타박상으로 울긋불긋했으나 성폭행 흔적은 없었다. 그녀가 모 아이돌 그룹의 사생팬이라는 사실이 알려지면서 이 사건은 한동안 이슈가 되었다. 얼마 전 그녀 때문에 곤란을 겪은 '오빠'를 보호하기 위해 팬클럽이 나선 거라는 소문이 돌았다. 관련 기사마다 험악한 댓글 전쟁이 벌어졌다. 엄지와 검지, 중지를 접고 약손가락과 새끼손가락으로 브이 자를 그리는 오빠의 시그니처 포즈가 이 소문에 불을 붙였다. 살해된 여고생은 오른손 새끼손가락과 약손가락이 잘려 있었다.

경찰은 문제의 팬클럽에 대해 전방위적인 수사를 벌였지만 소문의 진상은 확인하지 못했다. 대신 팬클럽 운영자가 억대 명품 시계 조공 과정에서 구매 대금 일부를 횡령한 정황이 포착됐다. 댓글 전쟁은 연예 섹션으로 옮겨 갔다. 용의자는 끝내 나타나지 않았고 잘린 손가락 두 개가 발견되었다는 소식 역시 없었다.

미국 FBI의 기준에 따르면 연쇄살인으로 분류되기 위해서는 심리적 냉각기를 두고 세 건 이상의 살인이 이어져야 한다. X, Y, Z, 세 개의 좌표가 있어야 3차원 공간에서 한자리를 차지하는 것이다.

노파의 시신은 늦더위가 꾹꾹 쟁여진 반지하 셋방에 열흘 넘게 방치돼 있었다. 문을 따고 들어간 순경은 지독한 시취屍臭에 정신이 혼미해져 코가 아닌 귀를 막고 다가갔다고 한다. 그 시취가 입덧으로 예민해진 윗집 새댁을 괴롭히지 않았다면 첫 현장 출동에 나섰던 새내기 순경의 경찰 생활은 얼마간이나마 연장되었을 것이다. 썩은 살점을 깨끗이 파먹은 구더기들이 날개를 달고 떠난 후 문을 열었다면.

노파는 명동 일대에서 제법 알아주는 유명 인사였다. 종일 '예수 천국, 불신 지옥'이라고 쓰인 붉은 십자가를 들고 다니며 아무나 붙잡고 호통치는 게 일이었다. 중지로 삿대질을 하는 독특한 버릇 때문에 행인들과 심심찮게 말다툼을 벌였다고 한다. 모서리가 있는 둔기로 머리를 수차례 가격당했는데, 벽지에 하얀 흔적을 남기고 사라진 십자가와 두개골의 상흔이 일치할 것으로 추정되었다. 가슴 위에 올려진 오른손은 새끼손가락과 약손가락 그리고 유용하게 사용하던 가운뎃손가락이 잘린 채였다.

단지斷指 살인마라는 별칭은 「뉴스 팍」의 김하림 기자가 처음 사용한 것으로 알려졌다. 후에 한

고교생이 '#단지살인마' 해시태그를 단 트윗―「뉴스 팍」기사보다 일주일 앞선―의 캡처를 SNS에 올리고 자신의 창작품을 무단으로 도용한 김 기자에게 공개 사과를 요구했다. 김 기자는 즉시 페이스북에 장문의 글을 올렸다. 자신은 안중근 의사의 단지동맹에서 착안해 해당 별칭을 만들었으며 캡처된 트윗은 본 적이 없다, 한 사건을 두고 평범한 단어의 조합이 동시에 등장한 평범한 상황에서 저작권을 주장하는 것도 우습거니와, 자신을 파렴치한 표절범 취급한 것에 대해 역으로 사과를 요구한다는 내용이었다. 안중근 의사에서 살인마로 이어진 모독적인 연상 작용 때문에 이해명 글은 그다지 많은 호응을 얻지는 못했다.

오른손 검지까지 손가락 네 개가 잘린 네 번째 희생자가 나오자 온 나라가 발칵 뒤집혔다. 승강기 부품 공장을 경영하는 50대 사장의 시신은 공장 뒤편 저수지에서 떠올랐다. 사인은 익사였고 뒷목에 눌린 손자국이 선명하게 남아 있었다. 그는 불법체류 외국인 노동자들을 박봉으로 고용해

주말도 없이 부렸다고 한다. 사장의 시신이 발견된 직후 공장 직원들이 뿔뿔이 흩어지는 바람에 수사는 또다시 난항을 겪었다. 하지만 그들 중 범인이 있으리라고 믿는 사람은 많지 않았다.

조폭과 여고생과 노파 사건이 재소환되며 손가락을 절단하는 단지 살인마의 존재는 기정사실로 굳어졌다. 언론은 연일 '단독' '속보'를 앞세워 네 건의 살인사건을 시시콜콜 파헤쳤다. 사람이 둘 이상만 모이면 어김없이 손가락, 연쇄살인, 사이코패스 같은 단어가 흘러나왔다. 경찰이 대규모 합동 수사본부를 설치한 날 경찰청장은 카메라 앞에서 "국민 여러분이 안심하고 생업에 종사할 수 있도록……"으로 마무리되는 단호한 성명을 발표했다. 손가락 네 개가 잘린 채 엄지를 치켜들고 있는 '좋아요' 이모티콘이 어디선가 나타나 온라인 공간을 누볐다. 단지 살인마는 실시간 검색어 1위 자리에서 내려올 줄을 몰랐다.

"막 죽이는구나, 막 죽여. 사람 목숨이 파리 목숨이네."

등산복 차림의 노인이 판소리하듯 요란하게 탄식했다. 열대어 수조에 코를 붙이고 있던 꼬마가 돌아보았을 뿐 대기실에 앉은 사람들은 별다른 반응을 보이지 않았다. 텔레비전에서는 여자 아나운서가 결연한 표정으로 단지 살인마 관련 속보를 전하고 있었다. 3차 사건의 목격자로 나선 남자가 수차례 가짜 증언으로 경찰 수사에 혼선을 초래한 이력이 드러나 공상허언증이 의심된다는, 들으나 마나 한 속보였다. 야, 아까 얘기한 A 아나운서가 저 여자 아냐? 뒤에서 소곤거리는 말소리가 들렸다. 지난주 증권가 찌라시에 등장한 내용이었다. 재벌가에서 혼담이 들어오자 그동안 몰래 만나고 있던 연하의 연기자 B 군을 매몰차게 찼다나.

"장영민 님."

뒷머리에 불가사리 모양 핀을 꽂은 간호사를 따라 진료실로 들어갔다. 원장은 짙은 갈매기 눈썹을 가진 중년 남자였다. 머리 위 모니터 화면에 누군가의 목구멍 영상이 떠 있었다. 붉은 구강 점막이 SF영화에 나오는 화성의 동굴처럼 보였다.

"많이 후벼 파셨네."

의사가 이경으로 귓속을 들여다보며 말했다. 귓불을 너무 세게 잡아당겨서 조금 아팠다.

"가려우니까 저도 모르게 자꾸 손이……"

"외이도염은 건드리면 계속 재발합니다. 지금이야 가렵고 말지만 심해지면 통증에, 고름에, 밤새 잠도 못 자요."

의사는 기다란 철사 면봉으로 귓속을 소독했다. 이끼로 뒤덮였던 귓구멍이 뻥 뚫리는 느낌이었다. 간호사가 새 면봉에 하얀 연고를 듬뿍 묻혀 의사에게 건넸다.

"집에서 면봉으로 살살 소독하는 건 괜찮나요?"

"면봉이 특히 안 좋아요. 귀이개도 마찬가지고."

"그럼 어떡하죠? 가려워서 미칠 것 같은데."

"꾹 참으세요. 귀가 가려워서 미치는 사람은 없습니다."

2

주식시장은 언제나 필요 이상의 기대와 필요 이상의 불안으로 와자지껄하다. 중용이 없는 호들갑의 세상. 나는 그 넘쳐나는 기대와 불안을 야금야금 잘라먹는 전업 투자자이다. 투자금 2억 원을 중장기 4, 단타 6의 비율로 운용하면서 중견기업 과장급 연봉을 꾸준히 벌어들이고 있다. 1퍼센트만이 살아남는다는 전업 투자 업계에서 이 정도 수익률이면 상당히 뛰어난 재능에 속한다. '상당히'를 '대단히'로 바꾸고 싶지만 어감의 차이에서 오는 수익이 겸손함의 손실분을 초과하지 못하는 것 같아 자제하겠다.

보람, 성취감, 자아실현, 그런 거 전혀 없다. 대신 사람과 부대껴야 하는 스트레스도 없다. 사회불안장애 진단을 받은 유물론자에겐 안성맞춤의 직업이다. 아이맥 모니터 두 대를 마주하고 앉아 오른손에 마우스를 쥐고 클릭, 클릭, 클릭. 노동의 결과는 선명한 빨강과 파랑으로 즉각 눈앞에 나타난다. 숫자와 차트가 지배하는 이 세계에서 빨강은 피도 장미도 정열도 사랑도 아닌 오직 수익이다. 파랑이 바다도 하늘도 희망도 우울도 아닌 오직 손실인 것처럼.

전업 투자자로서 나의 성공 비결을 하나만 꼽자면, 끊임없이 투자 노트를 업데이트하는 성실성과 덜 기대하고 덜 불안해하는 자기 절제와 매매 타이밍을 잡는 동물적인 감각 등을 모두 제쳐두고, 숨겨진 패턴을 투시하는 혜안을 들고 싶다. 지렁이의 꿈틀운동부터 76년 주기로 태양계를 찾아오는 핼리혜성까지, 우주의 모든 움직임에는 패턴이 있다. 주가의 등락 역시 보랏빛으로 수렴하는 오묘한 패턴을 가지고 있다. 수많은 변수들의 간섭현상으로 쉬이 눈에 띄지 않을 뿐. 곳곳에

도사린 변수를 최소화하기 위해 투자자들은 열심히 차트와 재무제표를 분석하고 기관과 외국인의 동향을 파악하고 애널리스트 리포트를 살피고 국제 정세, 사회 이슈, 오너 리스크를 챙긴다. 그래 봤자 99퍼센트는 실패한다.

주식판에서 누구나 얻을 수 있는 정보는 개별 연주자에 지나지 않는다. 아무리 훌륭한 연주자들을 끌어모았다 하더라도 각자 제멋대로 연주한다면 그건 시끄러운 소음일 뿐이다. 이들을 하나의 오케스트라로 묶는 건 악보다. 그 종이 쪼가리가 무의미한 소리 파편을 웅장한 교향곡으로 바꾸어놓는 것이다. 내겐 HTS 창 위를 흐르는 투명한 악보가 보인다. 남실거리는 오선 위로 꼬리를 흔들며 지나가는 음표들의 노래가 들린다. 그 선율에 손가락을 맡기고 매매하면 실패하는 법이 거의 없다. 오픈된 정보들에 한 스푼 첨가되는 마법의 약물. 그게 무엇인지, 어떤 루트로 내게 현시되는지는 나도 모른다. 예술적 영감의 순간을 어떻게 말로 설명할 수 있겠나. 밤에 홀로 패턴을 보는 것은 외로운 황홀한 심사이어니.

단지 살인마에게도 패턴이 있지 않을까? 단서 하나 남기지 않고 네 건의 살인을 저지르는 주도면밀한 악마가 희생자를 선택하는 전능의 쾌감을 포기할까? 시작은 가벼운 호기심이었다. 프라모델 대신 탐정놀이로 시간을 때우는 것도 괜찮겠지, 정도의. 빨간 숫자로만 확인되는 내 재능의 적용 범위를 확장해보고 싶기도 했고. 그래봤자 내게 허락된 역할은 인터넷에 떠도는 기사와 풍문을 훑어보는 안락의자 탐정이었다. 단지 살인마라는 검색어 하나로 천만 단위의 데이터가 딸려 나왔다. 읽어볼 만한 자료를 갈무리해 출력하는 와중에도 데이터는 계속 쌓여갔다.

드러난 팩트만 보자면 단지 살인마의 범죄 행각은 철저히 비정형적이었다. 그게 대중이 느끼는 공포의 핵심이기도 했다. 범행 장소는 목포-대구-서울-원주, 범행 대상은 청년-여고생-노파-중년 남성. 그야말로 동서남북, 남녀노소를 가리지 않았다. 즉 누구든 표적이 될 수 있다는 의미였다. 사람들을 더욱 혼란스럽게 만든 건 살해 수법마저 제각각이라는 점이었다. 무릇 연쇄살인범이라 하면 자신의 내밀한 욕구가 투영된 루틴을 강박적으로 되풀이하기 마련이다. 이는 용의자를 특정하는 낙관이 되기에 수사관들도 촉각을 곤두세우는 부분이다. 하지만 단지 살인마에게는 그런 최소한의 심리적 일관성조차 보이지 않았다. 흉기-무차별 폭행-둔기-익사. 별개의 사건으로 보아도 무방한 네 건의 살인을 하나로 꿰는 표식은 차례차례 잘려나가는 손가락뿐이었다.

처음엔 일본 야쿠자 조직의 소행일지 모른다고 생각했어요. 시한부 선고를 받은 재일교포 오야붕이 핏줄에 얽힌 원한 관계를 청산하기 위해 바다 건너 킬러를 보낸 게 아닐까, 혼자 상상의 나래를 펼쳐봤죠. 그런데 아닌 것 같아요. 찾아보니깐 야쿠자는 오른손이 아니라 왼손 새끼손가락부터 자르더라고요. 진짜 야쿠자라면 이런 규칙은 철저히 지켰을 거예요. 엉뚱한 손가락을 자르면 오야붕이 가만히 두겠어요? 그래서 다시 곰곰이 생각을 해봤는데, 아무래도 범인은 손가락에 콤플렉스를 가진 사이코 같아요. 다지증, 합지증 같은 수지 기형이나 사고로 손가락이 절단된 사람들 중에 정신과 치료를 받은 사례를 조사해보면 어떨까요. 아무튼 범인이 빨리 잡혔으면 좋겠어요. 집 밖에 나가기가 너무 무섭네요.

살인과 함께 카운트다운하듯 하나씩 잘려나가는 손가락. 무언가 떠오르지 않는가? 고립된 섬에 초대된 열 명의 남녀, 한 명씩 살해될 때마다 사라지는 인디언 인형. 그렇다, 애거사 크리스티 여사의 『그리고 아무도 없었다』와 유사한 설정이다. 세계 최고의 추리소설을 논할 때면 늘 빠지지 않는, 수많은 영화와 소설과 만화를 통해 오마주된 미스터리의 레전드. 단지 살인마 역시 이 작품에서 영감을 받아 범행을 계획한 게 틀림없다. 혹은 의도적으로 이 작품을 연상시키며 힌트를 주고 있거나. 그렇다면 비밀을 푸는 열쇠는 피살자들의 과거 속에 있을 것이다. 가슴 밑바닥에 꼭꼭 숨겨둔 과거. 서두르는 게 좋지 않을까? 결말마저 소설을 따른다면, 그리고 아무도 없을 테니까.

손가락을 하나씩 자르는 행위는 매우 의미심장한 메시지로 보입니다. 인체를 구성하는 뼈는 전부 206개, 그중 54개가 손에 몰려 있죠. 손가락의 자유로운 움직임은 도구의 사용을 가능케 했고 여기서부터 인류의 진화가 시작되었습니다. 그 진화의 정점을 살아가는 우리의 일상은 어떤 모습인가요. 종일 스마트폰을 터치하고 키보드를 두드리고 마우스를 클릭하고, 이제는 햄버거 하나를 주문하려 해도 언어 대신 터치패드 앞에서 손가락을 놀려야 합니다. 기술이 발달할수록 현대인의 손가락 의존증은 심화되고 있습니다. 따라서 손가락을 자르는 퍼포먼스는 현대문명에 대한 완강한 거부를 상징하는 것으로 생각됩니다. 동시에 인간성 상실에 대한 경고를 점층법적 절단 의식에 담은 것이죠. 과격하게 전하는 순수의 메시지. 단지 살인마는 기술 진보를 부정하고 문명사회를 혐오하는 21세기 유나바머가 아닐까요?

　걍 미친놈이지. 사람 죽이고 손가락 자르는 게 미친놈 아니면 뭐겠어. 단지 살인마는 자신의 미친 짓에 어중이떠중이들이 온갖 의미를 갖다 붙이는 이 상황을 낄낄거리며 즐기고 있을걸. 우리 선조들은 말씀하셨지. 미친놈은 몽둥이가 약이라고.

　온라인상에는 온갖 가설과 억측과 두려움과 호기심이 난무했다. 극악무도한 범죄가 발생할 때면 으레 그렇듯 사형제 찬반 논쟁이 가열되었고, 진위 여부가 의심스러운 목격담과 관련자 진술이 돌아다녔다. 포털 사이트에 개설된 '신출귀몰 단지짱'이라는 팬카페에는 낯 뜨거운 팬레터와 범행 장면을 상상으로 그린 팬 아트가 올라왔다. 경찰이 사자명예훼손 혐의로 카페 운영자를 검거하자 '꿀단지 살인마'라는 새로운 팬카페가 개설돼 회원들을 끌어모았다. 한 웹툰 작가는 단지 살인마를 패러디한 「너의 손가락」이라는 웹툰을 내놓았다가 여론의 뭇매를 맞고 사과문을 올렸다. '결국 열 명을 채워야 끝나나'라는 도발적인 제목의 기사에 달린 베스트 댓글은 '발가락은 무시하나?'였다.

　범죄심리학자와 프로파일러들도 이 전국구 연

쇄살인범에 대해 그럴듯한 분석을 내놓지 못했다. 각종 전문용어를 동원해 범인은 예측 불가의 존재라고 주장하다가 낯선 사람을 조심하라는, 초등학교에 입학한 아이에게 엄마가 해줄 법한 당부의 말을 전하는 게 고작이었다. 틀린 말은 아니지만 사실 낯익은 사람을 더 조심해야 한다. 경찰청 통계에 따르면 지난해 전체 살인사건의 52퍼센트가 면식범의 소행이었다. 그중 '친구'는 4.3퍼센트.

며칠 밤잠을 설쳐가며 자료를 분석했지만 특기할 만한 패턴은 보이지 않았다. 패턴을 교란하는 패턴도, 패턴을 교란하는 패턴을 숨기는 패턴도 감지되지 않았다. 놈은 정말 마구잡이로 살인을 저지르고 있는 걸까? 충동과 광기를 통해 전능의 쾌감을 누리는 카오스의 화신. 그렇게 보기엔 범죄 행각이 너무 깔끔하지 않나. 첨단 과학 수사 기법과 전국의 난다 긴다 하는 형사들이 달라붙었지만 실낱같은 단서 하나 건지지 못했다. 네 번 연속으로. 천운을 타고난 악인인가? 사악한 초

능력자? 유령? 파면 팔수록 단지 살인마의 실체는 모호해졌다. 아무런 실적도 전망도 없이 주가가 요동치는 작전주를 보는 기분이랄까. 이런 주식은 눈길도 주지 않아야 하지만, 작전세력의 등에 슬쩍 올라탈 수만 있다면 공으로 대박을 터뜨릴 기회이기도 하다.

머리도 식히고 새로운 자극도 받을 겸 IPTV에서 연쇄살인범을 다룬 영화들을 찾아 보았다. 「살인의 추억」 「조디악」 「헨리 : 연쇄살인범의 초상」 「추격자」 「양들의 침묵」 「한니발」 「미스터 브룩스」 「연쇄살인자의 일기」…… 예전에 섭렵했던 영화들인데 단지 살인마를 염두에 두고 다시 보니 인물에 한결 더 몰입되는 느낌이었다. 특히 데이비드 핀처 감독의 「세븐」은 과연 범죄 스릴러의 교과서라고 불릴 만한 수작이었다. 탐식, 탐욕, 나태, 음욕, 교만, 시기, 분노, 가톨릭 7대 죄악을 모티프로 벌어지는 살인사건. 범인은 각 죄악을 상징하는 제물을 선택하고 맞춤형 살해 수법을 적용하는 것으로도 모자라 현장에 해당 단어를 대문짝만하게 남겨놓는다. 단지 살인마도 저렇게 속 시원히 힌트를 주면 좋으련만.

영화의 라스트신, 송전탑이 늘어선 허허벌판에서 형사 브래드 피트가 살인마 케빈 스페이시의 머리에 권총을 겨눈다. 그는 딜레마에 빠졌다. '시기'에 의해 아내와 배 속 아이를 잃은 '분노'를 폭발시켜 놈이 원하는 결말을 완성시켜줄 것인가, 분노를 삭이고 놈을 문명사회의 단죄에 맡길 것인가. 내가 느끼는 살의는 놈의 살의보다 윤리적으로 우월한가. 덫에 걸린 브래드 피트는 울먹이며 절규한다.

처음 영화를 볼 때 뻔한 선택이라며 방심했던 기억이 난다. 대부분의 할리우드 영화에서 악은 완성되지 않는다. 제아무리 막강한 파워로 스토리를 이끌지라도 결말에서는 소멸되어야 하는 게, 그로써 우리에겐 아직 희망이 있음을 보여주는 게 할리우드 픽션의 공식이다. 하지만 「세븐」은 이 클리셰를 피해 간다. 채 수습하지 못한 감정들이 뒤범벅된 표정으로 브래드 피트가 방아쇠를 당기는 순간……

총알처럼 단어 하나가 뇌리를 관통했다.

틩기듯 소파에서 일어나 컴퓨터 앞으로 갔다. 설마, 아니겠지. 그렇게 쉬우려고. 검색창에 '십계명'을 쳤다. 시나이산에서 하나님이 모세를 통해 이스라엘 백성에게 내린 열 가지 계율. 하나씩 읽어 내려갈 때마다 시린 냉기가 척추를 타고 올라왔다. 약간의 현대적 변용을 허용한다면, 희생자들은 정확히 십계명의 순서에 따라 살해되고 있었다.

1. 나 이외에 다른 신들을 섬기지 말라—보스를 바꾼 조직원
2. 우상을 만들지 말라—아이돌 그룹의 사생팬
3. 하나님의 이름을 망령되이 부르지 말라—"예수 천국, 불신 지옥"을 외친 노파
4. 안식일을 거룩히 지키라—주말도 없이 일을 시킨 공장 사장

어지러웠다. 가슴이 두근거렸다. 눈을 감고 복

식호흡으로 흥분을 가라앉혔다. 탑속에탑이있고 탑속에탑이있고탑속에탑이있고탑속에…… 내가 정말 단지 살인마의 패턴을 찾은 건가? 지나치게 몰두한 탓에 무리한 확대해석을 하는 게 아닐까? 연달아 본 영화들이 내 눈에 플롯이라는 색안경 을 씌우지 않았을까? 하지만 우연이라고 하기엔 네 피살자의 조건이 지나치게 잘 들어맞았다. 그 것도 순서대로. 더욱 이상한 건, 천만 단위의 데 이터 중 십계명을 언급한 게 하나도 없다는 점이 다. 범죄 스릴러 마니아들에겐 그리 어려운 수수 께끼가 아닐 텐데, 재미 삼아서라도 떠올려볼 수 있었을 텐데…… 왜 하필 내 눈에 띄었을까?

다섯 번째 희생자가 나왔다. 영어학원 강사로 일하는 30대 남자는 천안으로 들어가는 국도변 풀숲에 쓰러져 있었다. 사인은 질식사, 체내에서 다량의 수면제 성분이 검출되었다고 한다. 최초 발견자가 사체의 오른손 사진을 모자이크 처리 해 자신의 인스타그램에 올렸다. 경찰의 제지로 곧 내리긴 했지만 사진은 이미 인터넷에 퍼진 후였다. 발견자 본인의 어깃장인지 누군가 기술을 발휘한 건지 모자이크 없는 원본 사진까지 '혐짤 주의' 경고문이 붙은 채 나돌았다. 다섯 손가락이 모두 잘린 뭉툭한 손은 짐승의 앞발처럼 보였다. 출혈이 많지 않은 걸 보니 절단은 사후에 이루어진 듯했다. 절단면이 보기 흉하게 너덜너덜한 게 의외였다. 네 번에 걸쳐 열 개의 손가락을 잘라낸 베테랑께서.

실시간 검색어 순위에서 잠시 밀려나 있던 단지 살인마는 단숨에 1위를 탈환했다. 다시 온갖 가설과 억측과 두려움과 호기심이 온라인 공간에 쌓여갔다. 기사를 샅샅이 뒤져보았으나 희생자 부모에 대한 언급은 따로 없었다. 보통은 기사 말미에 유가족 반응을 한두 줄 싣기 마련인데. 뉴스에 종종 등장하는 패륜 범죄들이 머릿속을 맴돌았다. 치매 앓는 노모를 폭행한 40대 아들, 게임 그만하라는 잔소리에 부친을 흉기로, 유산 문제로 자녀들이 모의해 부모를 정신병원에…… 십계명의 다섯 번째 계율은 '부모를 공경하라'였다.

3

전화를 받은 영어학원 사무원은 차분한 톤으로 천안삼거리 근처의 장례식장을 알려주었다. 발인 일시와 장지 안내, 부검 때문에 장례 일정이 이틀 늦어졌다는 부연 설명까지 리드미컬하게 이어졌다. 원생 학부모라는 거짓말은 꺼낼 새도 없었다. 싹싹한 목소리를 조금 더 듣고 싶어서 혹시 황성찬 선생님 양친에 대해 아는 게 있느냐고 물었다. 예상대로 없다는 답변이 돌아왔다.

장례식장 안내 모니터에 표기된 유가족은 자姉와 형兄뿐이었다. 부의함 앞에서 잠시 망설이다가 봉투에 양승범이라는 가명을 써서 집어넣었다. 하얀 머리핀을 꽂고 빈소를 혼자 지키는 중년 여성이 고인의 누님인 듯했다. 조문을 마치고 접객실을 둘러보았지만 역시 부모님 연배의 상주는 보이지 않았다.

"식사 드릴까요?"

"예."

"혼자세요?"

"일행이 올 건데, 일단 한 사람 것만 주세요."

재킷을 벗어 옆에 개켜두는 사이 일회용 식기로 빠르게 한 상이 차려졌다. 육개장에 밥을 말아 깨작거리며 오가는 말소리를 귀동냥했다. 집안사람들이 모여 앉은 것으로 추정되는 테이블이 요주의 대상이었다. 오지라퍼 친척의 눈치 없는 수다를 기대했으나 멤버가 바뀔 때마다 의례적인 안부만 주고받을 뿐이었다. 졸업은 했냐, 취직은 했냐, 결혼은 했냐, 아이는 몇 학년이냐. 다음에 만나면 아이의 학년만 올라간 채 반복될 문답들.

"이게 무슨 일이래. 뉴스에서 그렇게 떠들어도 다른 세상 얘기인 줄 알았는데."

옆 테이블에 새로 자리를 잡은 남녀가 목소리

를 낮춰 소곤거렸다. 선생님 호칭이 등장하는 걸 보니 학원 동료들인 듯했다.

"완전 충격이에요. 사건 전날 빈센트 선생님이 랑 점심도 먹었는데."

"그랬어? 혹시 둘이 썸……"

"아니에요, 그런 거. 둘 다 밥 먹고 들어가려고 학원 앞에서 서성거리다 만났어요. 사거리 김밥천국 갔었잖아요."

"그때 단지 살인마가 지켜보고 있었을지도 모르겠네."

"아, 무섭게 왜 그러세요. 안 그래도 요즘 퇴근할 때마다 정류장으로 남동생 불러내는데."

"괜찮아. 우린 안전할 거야."

"왜요?"

"벼락은 한 번 떨어진 곳엔 다시 안 떨어진다고 하잖아."

종이 용기 속에서 육개장 건더기와 밥알이 구덕구덕 말라갔다. 자정이 가깝도록 귀를 곤두세우고 앉아 있었지만 별 소득이 없었다. 황성찬 씨가 습관성 어깨 탈구로 병역을 면제받았다는 것과 미국 LA에서 유학했다는 정도. 장례식장에서 마저 고인보다는 연관 검색어인 단지 살인마가 화제였다. 부모를 공경하라, 부모를 공경하라, 분명히 뭔가 있을 텐데…… 더 이상 가벼운 호기심의 차원이 아니었다. 십계명의 비밀을 엿본 순간부터 거대한 악보 속에 던져진 느낌이었다. 넘실거리는 오선 위로 내 키보다 큰 음표들이 꼬리를 휘저으며 헤엄쳐 다녔다. 높은음자리표가 소용돌이를 일으키고 도돌이표가 솟아올라 앞을 가로막았다. 접객실 벽에 걸린 병원 홍보 달력도 화음을 이루며 악보 속으로 스며들었다. 빨간 네모에 갇힌 오늘 날짜는 17일. 공교롭게도. 16의 미숙함과 18의 성숙함 사이에서 17이 맵시 있게 고개를 쳐들고 있었다.

열일곱 살. 땀내와 욕설이 난무하는 교실에서 매일 부대끼던 친구들은 지금 어떻게 지내고 있을까? 평균 초혼 연령에 가정을 꾸렸다면 어린이집에 다니는 자녀를 두고 슬슬 튀어나오는 아랫배를 걱정하고 있을 것이다. 죠스는 돈 많은 과부를 물어 평생 무위도식하겠다는 꿈을 이뤘을까? 전교 1등 문호는 페이스만 유지했다면 법조계에서 한자리하고 있을 테고. 일본 만화를 보기 위해 일본어를 독학하던 나카무라는 왠지 공무원이 되었을 것 같다. 모두들 어딘가에서 부지런히 밥벌이하며 인생 하프타임을 향해 달려가고 있겠지. 그래도 학창 시절이 좋았다고 술자리에서 한 번씩 회상에 잠기면서. 할 수만 있다면 그 애들의 열일곱 살 기억을 전부 삭제해버리고 싶다.

난 지금도 그 교실의 늘어선 책상들 사이 좁은 통로를 걷고 있다. 교실 뒤쪽을 향해 한 발 한 발, 양편에 앉은 친구들 사이를 지난다. 나를 보지 못한 채 웃고 떠드는, 동정의 눈길로 힐끔거리는, 입을 꾹 다물고 외면하는, 대놓고 비웃는…… 친구들의 얼굴은 계속 바뀐다. 대학 동기들로, 미팅에 나온 여자들로, 내무반 부대원들로, 은행 동료들로, 지하철 맞은편에 앉은 승객들로, 거리에서 스쳐 가는 수많은 타인들로. 모두들 양쪽 책상에 늘어앉아 웃고 떠들고 힐끔거리고 외면하고 비웃는다. 나는 끝없이 이어지는 그 좁은 통로를 걸어간다. 한 발 한 발, 교실 뒤쪽을 향해.

"천벌을 받은 거야, 천벌을."

걸걸한 목소리가 상념을 깨고 들려왔다. 얼굴이 불콰한 반백의 사내가 접객실 구석 벽에 몸을 끼우듯이 기대앉아 목청을 돋우었다.

"내가 말을 안 해서 그렇지, 형님이 날 찾아와서 눈물 흘린 게 한두 번인 줄 알아? 집안 다 털어먹고, 자식이 아니라 웬수야, 웬수. 에미 없이 컸다고 오냐오냐했더니, 응? 결국 형님 그렇게 된 것도……"

"작은아버지, 그만 좀 하세요."

상주 완장을 찬 내 또래의 남자가 다가와 찍어 누르듯이 말했다. 작은아버지라고 불린 사내는 입을 실룩거리며 소주잔을 들었다. 옆에 앉은 아주머니가 잔을 빼앗아 육개장 그릇에 소주를 버렸다.

"오늘 같은 날은 고마 조용히 좀 갑시다, 조용히."

끙, 소리를 내며 자리에서 일어난 사내는 비틀

비틀 접객실을 빠져나갔다. 나는 로라제팜을 한 알 삼킨 후 재킷을 팔에 걸치고 사내를 따라나섰다. 등 뒤에서 두런거리는 소리가 번졌다.

안녕하세요, 성찬이 작은아버지, 혹시 성찬이 작은아버지, 저 성찬이 고등학교 친굽니다, 일전에 한번 인사드렸죠? 사내의 뒤통수를 쫓으며 입 속말로 대사를 연습했다. 장례식장 뒷문으로 나간 사내는 주머니에서 담배를 꺼내 물었다. 라이터로 불을 붙이려 했지만 손가락에 힘이 없는지 연신 헛손질이었다.

"저기, 성찬이 작은아버지 아니십니까?"

사내는 담배를 입에 문 채 눈을 가늘게 뜨고 나를 건너다보았다.

"뉘시더라?"

"저 성찬이 친굽니다, 고등학교 친구. 성찬이 아버님 회갑이었나, 전에 인사드린 적이 있는데."

"응? 형님 회갑은……"

재빨리 라이터에 불을 댕겨 내밀었다. 고개를 갸웃거리던 사내는 양손으로 바람막이를 하고 담배에 불을 붙였다.

"이게 무슨 일이랍니까. 뉴스에서 그렇게 떠들어도 다른 세상 얘기인 줄 알았는데."

"지 복이지, 지 복이야."

"정말 믿기지가 않네요. 바로 얼마 전에도 학원 근처에서 만나 한잔했거든요. 자식, 이제야 철이 들었는지 아버지 얘기하면서 눈시울 붉히고 그랬는데."

"아버지?"

"나이 먹으니 아버지 혼자 얼마나 힘드셨을지 알겠더라고, 너무 속만 썩인 것 같아 후회된다고 줄곧 한숨을 쉬더라고요."

"흥, 후회하는 놈이 그래? 그놈은 근성이 틀려먹었어, 근성이."

"저야 자세한 사정은 몰라서……"

사내는 손에 든 담배가 전부 재가 되어 떨어질 때까지 작은조카의 뒷담화에 열을 올렸다. 정리해보면, 어릴 때부터 소문난 사고뭉치였던 황성찬 씨는 대학 입시에 실패한 후 큰물에서 공부하겠다며 미국 유학을 보내달라고 떼를 썼다. 철부지 막내가 안쓰러웠던 부친은 빠듯한 형편에 무리해서 유학 자금을 마련해줬다.

"공부를 잘해서 장학금 받고 가는 게 유학이지, 여기서 하빠리 대학도 못 들어간 놈이 유학은 뭔 유학이여. 부모 등골 빨아서 놀러 가는 거지. 안 그렇소?"

LA에서 랭귀지 코스만 몇 년을 다니다가 정체도 의심스러운 칼리지에 입학한 황성찬 씨는 이내 마약 사건에 연루돼 체포되었다. 날벼락 같은 소식을 접한 부친은 아들의 구명을 위해 이리 뛰고 저리 구르고, 보석금과 변호사 비용을 대느라 30년 넘게 근속하던 회사까지 그만두었다.

"퇴직금에 아파트까지 죄다 그놈한테 꼴아박고, 응? 형님은 쪽방 살면서 상가 경비를 했어, 경비를. 평생 남한테 아쉬운 소리 안 하고 살던 양반이. 그러니 그 속이 오죽했겠어. 썩어 문드러져도 몇 번은 썩어 문드러졌지. 결국 꼭두새벽에 막걸리 한잔 걸치고 퇴근하다가 탱크로리에 그만……"

거대한 음표들이 춤을 추며 밀려왔다. 고막의 진동으로는 들을 수 없는 웅장한 선율이 나를 흔들었다. 의심의 여지가 없었다. 다섯 번째 살인도 십계명에 맞춰 벌어진 것이다.

"어이구, 아무리 그래도 그렇지, 세상이 어찌 되려고 이런 숭악한 일이 생기나."

사내는 밤하늘을 향해 혼잣말로 탄식하고 몸을 돌렸다. 계단을 내려가는 그의 뒷모습을 내려다보며 나는 담배를 꺼내 물었다.

"어찌 되긴요. 천벌을 받은 거죠, 천벌을."

4

여섯 번째 계명, 살인을 하지 말라.

생각을 했다. 아주 많은 생각을.

몇 차례 눈팅만 했던 PG스트라이크 프리덤 건담을 구입해 공들여 도색과 조립을 했다. 프라모델의 매력은 정해진 길로만 뚜벅뚜벅 가면 모든 파츠가 들어맞아 하나의 완전체로 탄생한다는 것이다. 모자라지도 남지도 않고.

점심을 먹고 들어오는데 똑같은 옷을 입은 젊은

동남아 여자 둘이 엘리베이터로 뛰어들었다. 3층에 있는 타이 마사지 숍 유니폼이었다. 둘은 손에 든 쪽지를 보며 생소한 언어로 속닥거리다가 동시에 함박웃음을 터뜨렸다. 무심코 나까지 웃고 말았다. 두 사람이 내릴 때 손에 든 쪽지를 슬쩍 곁눈질했다. 로또 복권이었다.

"악몽에서 벗어나고 싶었습니다."

경북 일대에서 수년간 악명을 떨치다가 체포된 흉악범의 변명 아닌 변명이었다. 만취상태에서 시비가 붙은 노인을 폭행하고 현금 3만 원을 훔쳐 달아난 게 처음이었다. 범행 이후 그는 정상적인 생활을 할 수 없었다고 한다. 극심한 스트레스에 시달리며 밤마다 가위에 눌렸다고. 범죄의 기억을 씻어낼 방법은 아무리 생각해도 새로운 범죄밖에 없었다. 이번에는 한밤중에 대학교 학생회관에 들어가 동아리방에 화염병을 던졌다. 두 번째 범죄의 기억은 또 어쩌겠나. 세 번째 범죄로 씻어내는 수밖에. 해괴한 발상이지만 효과는 있지 않았을까? 기사를 보면서 그런 생각을 했다.

사이버 흥신소에서 자료가 도착했다. 승범이는 삼수 끝에 군대를 갔고, 제대 후 폭행과 재물손괴로 두 번 공소권 없음 처분을 받은 것 외에는 서른 살까지 별다른 기록이 없었다. 이후 주류 운반 트럭을 2년, 법인 택시를 4년 몰다가 작년부터 개인택시를 시작했다. 서른둘에 결혼해서 두 살배기 딸 하나를 두고 화곡동 '무지개맨숀'에 전세로 거주 중이었다. 자식, 체교과 가서 체육 선생님 하겠다더니. 추바카처럼 설렁설렁 애들이나 족치면서 사는 게 딱 적성이라고. 어쨌든 잘 살고 있어서 다행이었다. 행여 죽었으면 어쩌나 했다.

서울의 서쪽 외곽, 주변에 식당이나 인가가 없는 야산, 가는 길이 붐비지 않을 것, 도보로 이동 가능한 지하철역이 있고 도중에 CCTV가 없을 것. 구글맵으로 몇 군데 장소를 물색한 후 답사를 다니며 꼼꼼히 살펴보았다. 고양시 성석동에 있는 대밀산이 모든 조건을 충족시켰다. 산명이 「세븐」에서 브래드 피트가 맡은 형사 데이비드 밀스를 연상시키는 점도 은근히 끌렸다.

먼지가 뽀얗게 앉은 빨간 프라이드를 무지개 맨숀 대각선 맞은편에 세워놓고 출근하는 승범이를 지켜보았다. 알아볼 수 있을까 걱정했는데 옛날 얼굴이 고스란히 남아 있었다. 저렇게 작았나? 키도 거의 그대로인데 단단하던 몸뚱이만 오븐에 구운 것처럼 푸석하게 부풀어 있었다. 승범이 뒤로 헐렁한 민소매 원피스를 걸친 아주머니가 나타나서 뭐라고 소리를 쳤다. 네 살 연하의 부인 역시 푸석하게 부푼 체형이었다. 승범이는 파리를 쫓듯 들어가라는 손짓을 하고 택시에 올랐다.

서툰 운전으로 택시를 미행하는 건 쉬운 일이 아니었다. 몇 번이나 접촉 사고를 낼 뻔했고 횡단보도를 건너는 사람을 보지 못해 번번이 급브레이크를 밟아야 했다. 언더셔츠와 후드티까지 땀으로 푹 젖었다.

인터넷에서는 다양한 종류의 차량 위치추적기를 판매하고 있었다. 강력 자석으로 손쉽게 설치할 수 있고 배터리가 오래가는 제품을 선택했다. 불법 유통되는 선불 유심칩과 휴대폰 공기계도 하나 구입해 대포폰을 만들었다. 위치추적기를 프라이드 하부에 붙이고 반나절 동안 돌아다니며 테스트를 해보았다. 휴대폰 화면의 빨간 점이 거의 오차 없이 나와 함께 움직였다. 어쩐지 오싹한 기분이 들었다.

전기 충격기, 라텍스 장갑, 마스크, 로프, 헤드랜턴, 김장용 비닐봉지, 덕트 테이프, 커터 칼, 니퍼, 차량용 진공청소기, 극세사 세차 타월, 쇠구슬, 파우치, 백팩…… 생각보다 준비물이 많았다. 마스크와 커터 칼은 집에 있었지만 풀 세트로 한목에 구입하기로 했다.

줄담배를 피웠더니 목이 칼칼하다. 여섯 번째 범행 소식은 아직 없다.

HTS 창을 아무리 들여다봐도 악보가 나타나지 않았다. 들려오는 건 귀에 거슬리는 불협화음뿐. 손가락이 제멋대로 움직여 클릭할 때마다 손해만 보았다. 우울한 파랑의 세계였다.

백팩을 풀어서 물건들을 여기저기 정리해 넣었다. 집에 놔두면 한 번쯤 요긴하게 쓸 상비품을 구입한 셈 치기로 했다. 언젠가 라텍스 장갑을 끼고 김치를 담그다가 정전이 되어 헤드 랜턴을 찾을 수도 있으니까.

포스트잇에 버킷 리스트를 하나씩 적어 냉장고 문에 붙여놓기로 했다. '밤새 오로라 보기'를 붙이고 나니 더 이상 생각나는 게 없었다.

소파에 누워 리모컨으로 텔레비전 채널을 돌리다가 영화 「다크 나이트」에서 손이 멈췄다. 조커가 흑인 악당의 입에 칼을 밀어 넣고 히죽거리는 장면이었다. "Why so serious?"

백팩을 다시 쌌다.

트레이닝복과 러닝화를 장만하러 나이키 매장에 갔다가 근처 백화점으로 발길을 돌렸다. 작업복을 조르지오 아르마니 슈트로 변경했다. 「다크 나이트」에서 배트맨이 입었다는 차콜그레이 핀스트라이프. "핏이 잘 받으시네요." 점원이 정중한 손길로 어깨선을 잡아주었다. 다소 불편하겠지만, 그냥 그러기로 했다.

아트박스에서 대형 곰 인형을 샀다. 목이 너무 두꺼웠다.

이미지트레이닝을 반복하며 계획의 세세한 부분을 점검했다. 승부를 걸어볼 만한 투자였다. 돌발 변수만 생기지 않는다면.

다시 백팩을 풀었다가 한밤중에 일어나서 다시 쌌다. 여섯 번째 범행 소식은 아직 없다.

살인을 하지 말라, 살인을 하지 말라, 살인을…… 꼭 심장을 멈추게 해야만 살인은 아니다. 열일곱 살 소년의 인격을 무참히 짓밟는 것도 살인이다. 지금 내 머릿속에 박힌 생각이 그 증거이다. 이게 인간의 탈을 쓰고 할 수 있는 생각인가.

5

휴대폰 화면의 빨간 점이 역촌역 부근에서 멈췄다. 8시 47분. 퇴근길 승객과 야간 승객 사이의 커피 타임이었다. 빨간 점을 향해 천천히 차를 몰았다. 가판대 옆 자판기에서 종이컵을 꺼내는 승범이가 보였다. 아파트 단지 담장을 돌아가서 차를 세우고 백팩을 챙겨 내렸다. 담장 모퉁이에 숨어 동태를 살폈다. 승범이는 커피를 마시며 담배를 피우고 전화 통화까지 하느라 손과 입이 분주했다.

"처음도 아니면서 유난을 떤다, 유난을 떨어. 그런 건 잘도 보네."

승범이의 말소리 리듬에 맞춰 호흡을 가다듬었다. 약은 안 된다. 끝까지 맑은 정신을 유지해야 한다. 암기한 시나리오대로 하나씩 하나씩, 파츠를 조립해 나가듯이.

"예예, 여부가 있겠습니까. ……그래, 알았다니까."

레디, 레디, 레디, 통화를 마친 승범이가 휴대폰을 바지 주머니에 넣었다. 레디, 레디, 종이컵에 담배꽁초를 떨어뜨리고 주먹을 쥐어 구겼다. 레디, 종이컵을 휴지통에 던지고 주차해놓은 택시를 향해 몸을 돌렸다. 액션! 혀 밑에 괸 침을 삼키며 모퉁이에서 나와 택시를 향해 걸었다. 어깨를 펴고 자연스럽게, 늦은 퇴근길의 직장인처럼.

"자동 두 장요."

승범이가 가판대에서 로또 복권을 사는 바람에 타이밍이 어긋났다. 얼결에 구두끈을 고쳐 묶으려 쪼그려 앉았는데 끈이 없는 로퍼였다. 정장에 무난하게 어울리면서 활동성이 좋다고 점원이 추천해준. 백팩이 등허리를 지그시 내리눌렀다. 안 될 거야, 시작부터 이렇게 꼬이는데, 절대 못 할

거야. 고개를 들어보니 승범이는 어느새 운전석
문을 열고 있었다. 허둥지둥 달려가 택시 뒷좌석
에 올라탔다. 가슴에 쇠줄을 감은 것처럼 숨이 턱
막혔다. 정신을 수습하고 시나리오대로 조수석
대시보드에 택시 운전 자격증이 붙어 있는지부터
확인했다. 양승범. 뚱한 표정의 사진과 눈이 마주
치자 나도 모르게 고개를 돌렸다.

"일산 성석동이오."

승범이는 기어에 손을 올려놓은 채 입맛을 다
셨다.

"일산 성석동이라……"

"내비에 성석삼거리 찍고 가세요. 근처 가서 알
려드릴게."

"어딘지는 아는데요, 제가 지금 들어가는 길이
라 일산 갔다 오기가 애매하네요."

머릿속이 하얘졌다. A안, B안, C안, 어느 시나
리오에도 없는 대사였다. 빨리 애드리브로 받아
쳐야 한다.

"어, 어…… 퇴근 시간 지나서 금방 갈 텐데."

"집에 일이 좀 있어서. 요 앞 큰길로 나가시면

택시들 서 있을 겁니다."

"아 이거, 벌써 늦었는데. 기사님, 그러지 말고 그냥 갑시다. 오는 요금까지 따블 드릴게."

다급하게 뱉어놓고 아차 싶었다. 금요일 밤 강남역도 아니고, 요 앞 큰길에 택시들이 서 있다는데, 누가 봐도 '따블'을 부를 상황은 아니었다. 망했어. 수상쩍은 놈이라고 생각할 거야. 룸미러로 조금만 유심히 관찰하면 날 알아볼 텐데. 그만 철수해야 해. 컷! 컷! 손을 뻗어 문손잡이를 잡는데 승범이가 잽싸게 기어를 넣고 택시를 출발시켰다. 나는 꺼지듯 좌석에 파묻혔다. 가슴속이 차분히 울렁였다. 수조에 빨강과 초록 잉크 방울이 떨어져 하느작하느작 뒤섞이는 느낌. 손가락 한 마디쯤 열린 차창으로 바람이 수선스럽게 들이쳤다. 눈을 감고 조용히 복식호흡을 했다. 탑속에탑이있고탑속에탑이있고탑속에탑이있고탑속에……

택시는 지그재그로 차선을 바꿔가며 서오릉로를 달렸다. 머리를 양 갈래로 묶은 여자애가 룸미러에 매달려 도리질하듯 고개를 흔들었다. 라디

오에서 홍진영의 「사랑의 배터리」가 흘러나오자 승범이는 흥얼거리며 따라 불렀다. 나를 사랑으로 채워줘요~ 사랑의 배터리가 다 됐나 봐요~ 맞은편 차선에서 헤드라이트 불빛이 스칠 때마다 정수리에 삐죽 솟구친 새치 한 가닥이 날카롭게 반짝였다.

"기사님, 오늘 무슨 날인가 봐요? 집에 일찍 들어가시네."

"날은 아니고, 와이프가 임신 중인데 속이 메스껍다고 계속 징징거리네요."

"아, 임신 중이었구나."

"동네에 이태리 레스토랑이 생겼다는데 야식으로 크림파스타를 먹으면 속이 풀릴 것 같답니다. 메스껍다면서 느끼한 걸 왜 찾는지, 그놈의 속은 별나기도 하지."

승범이는 헷, 헷, 헷, 하고 망아지처럼 웃었다. 열일곱 살 때와 똑같은 웃음이었다.

"저 때문에 아내분한테 혼나는 거 아니에요?"

"맥주도 파는 집이라 늦게까지 하나 봐요. 남편이야 계산할 때나 필요하니까 먼저 가 있으라고

하죠. 한 푼이라도 더 벌어야 파스타고 나발이고 사 먹잖아요."

승범이는 다시 헷, 헷, 헷, 웃었다. 솔직히 마음이 약간 흔들렸다. 앞니도 없이 벙싯 웃고 있는 딸내미나 크림파스타가 먹고 싶다는 배불뚝이 부인 때문은 아니었다. 천하의 양승범이 이젠 종일 택시를 몰아 처자식 먹여 살리기 바쁜 아저씨라는 사실을 확인하자 김이 샜다고 할까. 감수해야 하는 리스크에 비해 기대 수익이 형편없이 쪼그라든 기분이었다. 그렇지만 아직 손절할 시점은 아니었다.

서울에서 멀어질수록 도로는 한산해졌다. 택시 기사와 승객으로 띄엄띄엄 대화를 나누었지만 승범이가 나를 알아보는 기색은 전혀 없었다. 어떻게 할까? 루비콘강을 건너지 않았으니 지금이라도 작전을 취소하면 그만이다. 나는 성석삼거리에 멀거니 서 있다가 다른 택시를 잡아타면 되고, 승범이는 동네에 새로 생긴 이태리 레스토랑으로 갈 것이다. 부인이 잠투정하는 딸아이를 달래가며 크림파스타를 먹는 동안 승범이는 피자에 맥주를 마시며 별다를 것 없는 일상사를, 웬 떨빵한 놈이 일산 가면서 따블을 주더라는 얘기 따월 나누겠지. 내가 집에서 혼자 이불을 뒤집어쓰고 몸부림치는 동안. 이제껏 그랬던 것처럼.

"기사님 혹시 한수고 나왔어요?"

조수석으로 고개를 디밀어 택시 운전 자격증을 들여다보며 물었다. 허공에 던져진 주사위. 이젠 돌이킬 수 없다. 승범이는 다분히 경계하는 눈초리로 룸미러를 응시했다.

"예, 그런데요."

"맞구나, 양승범. 계속 긴가민가했는데. 나 영민이야, 장영민."

승범이는 룸미러를 곁눈질하며 고개를 갸웃거렸다. 자식, 정말 기억을 못 하는 건가? 섭섭하게.

"1학년 3반, 제일 앞줄에 찹쌀모찌."

"아아……"

감탄사의 꼬리가 힘없이 늘어졌다. 속도계의 바늘이 함께 떨어지다가 40 근처에서 다시 고개를 쳐들었다.

"와, 이렇게 만나네."

승범이가 급조된 밝은 목소리로 반가움을 표했
다.

"그러게. 세상 좁다."

"그래 어떻게, 그동안 잘 살았어?"

"그럭저럭. 너는 어때?"

"보시다시피."

"야, 양승범이 가정도 꾸리고, 열심히 사는 거
보니까 좋네."

"장영민. 그래 맞다, 장영민."

실그러지는 승범이의 입술이 룸미러에 비쳤다.

"슈트 쫙 빼입으니까 폼 나는데. 키도 많이 컸
고."

"그때 비하면 많이 컸지."

"그래, 넌 무슨 일 하고 있어?"

"여의도 증권사에 다녀."

"오, 증권맨. 네가 그래도 공부는 꽤 했지. 애
는? 결혼은 했어?"

"아직. 몇 번 기회는 있었는데, 난 싱글이 편한
것 같아. 결혼해서 애 낳고 꾸역꾸역 사는 친구들
보면 별로 부럽지가 않더라고."

"애 걸음마 떼고 말문 트는 거 보면 생각이 달라질걸. 우리 예은이가 막 21개월 지났는데……"

승범이는 손을 올려 룸미러에 걸어놓은 딸아이 사진을 톡 건드렸다.

"평생 효도 다 하고 있잖아. 애교가 장난이 아니야. 요즘은 우리 콩순이 때문에 산다, 콩순이 때문에 살아."

우리는 20년 만에 만난 동창이 나눔 직한 대화를 주고받았다. 승범이는 화제를 가급적 현재에 국한시키기 위해 애썼고(그마저 탐탁지 않아 했지만) 나는 고교 시절의 추억을 집요하게 물고 늘어졌다. 광견 양승범의 곤혹스러운 쓴웃음을 구경하는 재미가 쏠쏠했다.

"넌 체육 선생님 하겠다고 그러지 않았나?"

"허, 자식, 기억력 좋네. 그게 하고 싶다고 되는 거냐."

"삼수한다는 애긴 얼핏 들었는데, 체교과 못 간 거야?"

"그렇지 뭐. 내가 공부하는 머리는 아니었잖아."

"몸 쓰는 건 잘했잖아. 거긴 실기 비중이 크지 않나?"

"그렇긴 한데…… 이 시간에 증권맨이 그 외진 덴 왜 가는 거야?"

"그쪽에 친구 전원주택이 있어. 바비큐 파티나 하자고 해서. 그나저나 너 체육 선생 했으면 잘 어울렸을 텐데."

"그래?"

"맨날 추바카 흉내 내면서 애들 원산폭격시키고 그랬잖아. 광견, 별명도 딱이고, 하하."

"새끼, 기억력 정말 좋네."

승범이가 거칠게 콧김을 내뿜었다. 택시가 속도를 줄이지 않고 커브를 도는 바람에 몸이 왼쪽으로 홱 쏠렸다. 성질머리 하고는. 사람이 참을 줄도 알아야지.

"저 앞에서 자동차 검사소 쪽으로 우회전해."

"우회전."

"응, 쭉 올라가. 제수씨는 지금 둘째 가진 건가?"

"응."

"아들이야, 딸이야?"

"아들이래."

"하나씩 딱 좋네."

"응."

승범이의 답변이 무성의하게 끊겼다. 택시 안의 공기는 만지면 부스러질 것처럼 응결되어갔다. 번들거리는 검은 도로가 헤드라이트 불빛을 피해 어딘가로 계속 달아났다.

"개인택시는 어때? 벌이가 괜찮나?"

"많이 뛰면 많이 벌고."

"그래도 알차게 모았나 보네. 이거 면허만 1억 가까이 한다면서."

"다 빚이지."

"그래? 앞으로 공유경제 활성화되면 택시 업계 타격 있겠던데, 애 둘 키우려면 고생이겠다."

"……"

"그래도 다들 그냥저냥 살아가는구나."

"……"

"넌 옛날 생각 많이 나겠다. 인생의 전성기가 너무 빨리……"

택시가 급정거를 하는 바람에 조수석 헤드레스트에 이마를 찧었다. 타이어 마찰음이 이빨 가는 소리처럼 들렸다.

"내려."

승범이가 뒤도 돌아보지 않고 말했다. 주변은 어두컴컴해서 아무것도 보이지 않았다. 신병교육대와 공설 묘지 중간쯤인 듯했다.

"아직 다 안 왔는데."

"걸어가."

"무슨 소리야. 얼른 가자, 조금만 더 가면 돼."

"……"

"아, 왜 그래, 따블 준다니까. 지금 줄까?"

안주머니에서 지갑을 꺼내는데 승범이가 안전벨트를 풀고 몸을 돌렸다. 광대뼈에 밀려 올라간 째진 눈이 서늘하게 빛났다.

"내리라고, 찹쌀모찌 새끼야."

심장이 벌렁거리면서 얼굴이 뜨거워졌다. 20년 전 그 교실에서처럼. 찹쌀모찌는 살결이 희고 말랑말랑한 내게 승범이가 붙여준 별명이었다.

"왜, 옛날이 그리워? 나가서 한따까리할까?"

얻어맞고 심부름하고 상납하고, 그런 건 참을 만했다. 나만 당하는 게 아니었으니까.

어이, 찹쌀모찌!

교실 제일 뒷줄에 앉은 승범이는 점심시간이면 종종 제일 앞자리의 나를 불렀다. 늘어선 책상들 사이를 지나노라면 양편에 우거진 가시덤불이 팔뚝을 긁었다. 나를 보지 못한 채 웃고 떠드는, 동정의 눈길로 힐끔거리는, 입을 꾹 다물고 외면하는, 대놓고 비웃는…… 난 억지웃음을 머금고 태연하게 걸었다. 이깟 일 아무것도 아니라는 듯이. 한 발 한 발, 좁은 통로 끝에서 기다리는 악마를 향해. 승범이는 날 무릎에 앉히고 교복 셔츠 속으로 손을 넣어 젖꼭지를 만지작거렸다. 다른 손으로는 자기 바지 지퍼를 내리고 내 귀에 속삭였다.

잡아, 찹쌀모찌.

"내가 택시 모니까 우습게 보이지? 이젠 막 친구 같고 그렇지? 깝치지 마, 새꺄. 나 양승범이야, 양승범."

그래, 맞다. 넌 양승범이지. 잠시 흔들렸던 마음이 꼿꼿하게 바로 섰다. 기대 수익은 리스크를 감수할 만큼 충분히 매력적이었다. 시간이 흘렀지만 변한 건 없었다. 앞으로도 그럴 것이고. 그 사실을 승범이가 막 깨우쳐줬다. 고맙다, 친구야. 백팩 앞주머니에 손을 넣어 전기 충격기를 잡았다.

6

나는 매사에 예습이 필요한 인간이다. 스타벅스에서 음료 한 잔을 주문할 때에도 휴대폰으로 메뉴와 추가 옵션을 검색하고 발음이 입에 익을 때까지 연습한 후에야 매장에 들어서곤 한다. "클래식 시럽이나 자몽 시럽 추가해드릴까요?" 같은 질문에 당황하는 모습을 보이고 싶지 않기 때문이다. 정보와 연습. 미리 알아서 나쁠 건 없지 않나. 하지만 이번 일은 제대로 된 예습을 할 수 없었다. 공기청정기에 묶어놓은 곰 인형 머리에 비닐봉지를 씌우고 테이프 몇 번 감아본 게 전부였다.

로프가 풀리지 않을까 매듭을 재차 점검했다. 라텍스 장갑 안쪽으로 땀이 고였다. 지금 해버릴까? 고개를 비뚜름히 떨군 채 나무에 기대앉은 승범이를 보고 있자니 마음이 조급해졌다. 의식이 없는 상태라면 곰 인형에게 했던 것처럼 수월하게 끝낼 자신이 있었다. 물론 안 될 말이었다. 어떻게 잡은 기회인데.

장갑을 팽팽하게 잡아당기고 손등으로 승범이의 뺨을 두드렸다. 입가로 침이 흘러내려 짧게 돋은 수염에 엉겼다. 조금 더 세게 두드리자 눈꺼풀이 파르르 떨렸다.

"뭐……"

승범이는 게슴츠레한 눈으로 주위를 둘러보다가 나를 올려다보다가 다시 주위를 둘러보았다. 자신이 야산의 나무등치에 로프로 묶여 있다는 사실을 깨닫는 데 다소 시간이 걸렸다.

"야…… 뭐야, 이거?"

한쪽 무릎을 꿇고 앉아 눈높이를 맞췄다. 내 이마에서 발사되는 헤드 랜턴 불빛에 녀석은 눈을 찡그렸다.

"승범아."

"응."

"양승범."

"어, 그래, 그래."

"사람 기억 중에서 말이야, 제일 질긴 게 쪽팔린 기억이더라."

"응?"

"이건 시간이 흘러도 당최 사라지거나 희미해지지가 않아. 다른 기억들은 적당히 퇴색되고 나한테 유리하게 왜곡되기도 하던데, 얘는 안 그래. 오히려 갈수록 과장되고 비비 꼬이면서 어떻게든 나를 괴롭히려고 안달이지."

"아이, 뭐라는 거야. 일단 이거 풀고 얘기하자."

"뭘 보거나 어딜 가거나, 그런 계기가 있어서 떠오르는 거면 조심이라도 하지. 이건 아무 때나 불쑥 나타나서 등짝을 할퀴는데…… 아, 지긋지긋해. 그래서 윤동주 시인이 그랬나봐. 죽는 날까지 하늘을 우러러 한 점 부끄럼이 없기를."

"야, 먹고살기 바쁜데 뭐 그런…… 영민아, 이거부터 풀고 찬찬히 얘기하자니까."

승범이는 나를 구슬리는 와중에도 표 나지 않게 몸을 이리저리 뒤틀었다.

"그거 에반스 매듭이라 절대 안 풀릴 거야. 일명 교수형 매듭."

"아, 참, 너도 정말…… 우리 오랜만에 만났는데 이러지 말자."

"우리 이러려고 만난 거야. 오랜만에."

백팩을 열고 덕트 테이프를 꺼냈다. 흙빛으로 일그러지는 승범이의 낯짝을 만끽하기 위해 김장용 비닐봉지는 일부러 느릿느릿 꺼내 펼쳤다. 공포에 질린 악마. 아랫배에 달콤한 전율이 스쳤다. 동시에 운명이란 놈은 참 야박하다는 생각이 들었다. 승범이에겐 오늘도 평소와 다름없는 하루였을 것이다. 평소처럼 딸내미 재롱에 눈을 뜨고, 평소처럼 텔레비전을 보며 아점을 먹고, 평소처럼 아내의 잔소리에 떠밀려 집을 나서고, 평소처럼 택시를 몰고 돌아다니다가 조금 일찍 들어가려는데, 난데없이 고교 동창이 뒷좌석에 올라탔다. 그리고 죽는다. 나의 운명도 어디선가 조용히 내 마지막 날을 디자인하고 있겠지. 부디 이렇게 뜬금없는 결말은 아니었으면 좋겠다. 난 적어도 타인에게 해를 끼치며 살아오진 않았으니까. 아직까지는.

"야, 어이, 장영민. 장난 그만하고 이거 풀어."

"장난으로 보여?"

"영민아, 왜 이래. 옛날 철없을 때 일을 가지고."

"철이 없다니, 자지 털이 수북할 땐데."

"20년 전이야, 20년. 강산이 두 번 변했다고."

"그래, 20년 동안 이자가 많이 붙었어. 복리로. 강산이 두 번 변하도록 혼자 허우적거리고 있으려니까…… 억울하더라고. 난 잘못한 게 없는데. 전부 네 잘못인데."

"맞다. 내가 잘못했다. 영민아, 장영민 씨. 죽을 죄를 지었어. 내가 무릎 꿇고 싹싹 빌 테니까, 얼른 이거 풀어주라. 응?"

"죽을죄를 지었으면, 죽어야지."

"너 이러면 안 돼. 아무리 화가 나도 사람이 대화로 풀고 그래야지, 이건 아니야."

"맞는 말이긴 한데, 지금은 딱히 풀 게 없어. 시간을 되돌려받을 수 있다면 모를까."

"영민아, 제발. 나야 죽어도 싸지만, 그래, 죽어도 싸지. 그렇지만 우리 예은이 생각해서, 아까 택시에서 봤잖아. 우리 콩순이 아빠밖에 모르는데, 걔 어떡해. 제발 용서해주라, 응? 너 그렇게 모진 놈 아니잖아. 임신 중인 와이프는 또 어쩌냐. 충격 받고 유산할지도 몰라. 죽더라도 아들내미 얼굴은 한번 보고 죽자, 응?"

승범이는 비굴한 웃음을 흘리며 횡설수설 애원했다. 억지로 부드러운 표정을 짓느라 뺨에 경련까지 이는 모습을 보자 안쓰러운 마음이 들었다. 그토록 두려워했던 존재에게서 내 모습을 보는 건 씁쓸한 일이었다. 물론 그 한 꺼풀 뒤에서 눈을 부라린 채 내 목을 물어뜯을 기회만 노리고 있는 광견을 풀어줄 생각은 없었다. 병신. 왜 한 번도 저항하지 않았을까. 뒤늦은 후회가 밀려왔다. 그랬다면 이렇게 번거로운 일은 없었을 텐데. 양손으로 비닐봉지의 입구를 벌렸다.

"야! 이거 풀어! 사람 살려! 악!"

승범이가 냅다 지른 고함이 사방으로 흩어져 달아났다. 허겁지겁 머리통에 비닐봉지를 뒤집어

씌웠다. 녀석은 안간힘을 다해 도리질 치며 울부짖었다. 악에 받친 비명이 자음과 모음으로 분리돼 비닐봉지 안에 쌓였다. 떨리는 손으로 봉지 입구를 오므려 목을 감쌌다. 승범이가 헤드뱅잉하듯 고개를 휘젓는 통에 목에 테이프를 감는 게 쉽지 않았다. 누런 이빨이 비닐을 물어뜯으려 캐스터네츠처럼 딱딱거리며 달려들었다. 아르마니 재킷이 어깨를 죄어들었다. 그냥 트레이닝복을 입을걸. 곧 죽을 놈한테 무슨 잘난 척을 하겠다고.

커터 칼로 테이프를 끊자마자 엉덩방아를 찧으며 물러앉았다. 비닐에 김이 서려 승범이의 얼굴이 흐릿하게 지워졌다. 나를 노려보는 붉거진 눈알만이 선명하게 들여다보였다. 비닐봉지가 커다란 허파처럼 숨을 쉬었다. 들썩이는 움직임이 조금씩 빨라졌다. 된 건가? 다 됐나? 엉덩이를 들고 다가가서 목에 두툼하게 감아놓은 덕트 테이프를 살폈다. 비닐이 두꺼운 탓에 곳곳에 밀착되지 않은 구멍들이 눈에 띄었다. 젠장! 젠장! 테이프를 짧게 잘라 벌어진 틈새를 손가락으로 꾹꾹 눌러가며 메웠다. 승범이는 여전히 몸부림을 쳤지만 동작은 차츰 둔해졌다.

10시 16분. 얼마나 기다려야 하나. 김치 다섯 포기 용량의 봉지 안에는 꽤 많은 공기가 남아 있었다. 꼬리를 밟히지 않기 위해 가장 단순하면서 정갈한 방법을 골랐건만 이건 지켜보는 게 고역이었다. 승범이가 힘겹게 고개를 들고 입술을 달싹였다. 너…… 씨팔…… 제, 발…… 나다, 시…… 살, 려줘…… 몸을 돌려 산마루를 향해 뛰었다. 헤드 랜턴 불빛이 우툴두툴한 나무둥치를 긁으며 앞서갔다.

10시 17분. 5분은 흐른 줄 알았는데. 뒤에서 비닐봉지 헐떡이는 소리가 계속 따라왔다. 다시 달렸다.

10시 18분. 시간은 악착같이 상대적으로 흐른다. 이렇게 줄행랑만 치면 천년만년 살 수 있겠다.

10시 20분. 보름달을 반으로 접은 것 같은 매

끈한 반달이 나뭇가지 사이로 올려다보였다. 가만히 서서 딸꾹질하듯 우는 새소리에 귀를 기울였다.

10시 23분. 나무들이 내뿜는 피톤치드가 마음을 살균해주는 게 느껴졌다.

10시 24분. 이 나무들도 살아 있는 생명체라는 사실이 떠올랐다. 수많은 목격자들이 말없이 나를 내려다보았다.

10시 26분. 완만한 내리막길을 되짚어가는데 자꾸만 무릎이 휘청거렸다. 상하체가 틀어진 것처럼 발걸음을 내딛는 동작이 영 어색했다.

비닐봉지는 승범이의 안면에 흡착된 채 움직이지 않았다. 흙바닥에 팔ㅅ 자 모양의 발버둥 흔적이 패어 있었다. 마름모꼴로 벌어진 다리를 구두코로 건드렸다. 아무런 반응이 없었다. 뿌연 습기 너머 희푸르게 굳은 얼굴. 죽음이란 저런 색이구나. 조금 전까지 붉게 상기돼 있었는데. 죽고 나면 어떻게 되는 걸까? 정말 천국과 지옥 같은 화려한 무대가 우리를 기다리고 있을까? 생전에 쌓은 업보를 저울에 달아 티베트의 동자승으로, 별코두더지나 보름달물해파리로 환생하는 걸까? 유령으로 이승에 남아 사람들 사이를 배회해야 하나? 사후 세계 같은 건 없다고 생각했다. 숨이 끊어지는 순간 누전차단기 떨어지듯 암흑 속에 묻히고 끝나는 거라고. 하지만 갓 생겨난 주검을 마주하고 있자니 뭐라도 있기는 있어야 하지 않을까 싶었다. 저게 내가 아등바등 살아온 세상이구나, 하고 돌아볼 수 있는 초월적인 무언가가.

고개를 흔들어 잡생각을 털어냈다. 찹쌀모찌의 복수는 끝났고 이제 단지 살인마가 될 차례였다. 마스크를 쓰고 백팩에서 니퍼를 꺼내 승범이의 오른손 앞에 쪼그려 앉았다. 머리 위 나뭇가지에서 작은 날갯짓 소리가 들렸다.

작업에 돌입하자 곧 사진으로 본 영어 강사의 너덜너덜한 손이 떠올랐다. 강력한 절삭력을 자랑한다는 독일제 7인치 니퍼는 새끼손가락 하나

깔끔하게 잘라내지 못하고 버벅거렸다. 장비 탓만 할 수는 없었다. 니퍼 날이 살과 뼈마디를 파고드는 감촉이 그립에 고스란히 전해지다 보니 손아귀에 힘이 들어가지 않았다. 니퍼질이 거듭될수록 랜턴 조명 아래 무대는 혐오스럽게 변해갔다. 그렇다고 구역질이 난다거나 고개를 돌리고 싶은 심정은 아니었다. 오히려 점점 더 빠져드는 기분이었다. 억지웃음을 머금고, 이깟 일 아무것도 아니라는 듯이. 흙바닥에 떨어진 손가락이 통통한 애벌레처럼 보였다.

간신히 오른손 손가락 다섯 개를 자르고 나자 생각지 못한 문제에 직면했다. 마지막 하나는 왼손 엄지를 잘라야 하나, 새끼손가락을 잘라야 하나? 오른쪽에서 왼쪽으로 절단의 방향성을 고려한다면 엄지가 답이다. 하지만 양손의 대칭성을 생각한다면 새끼손가락을 잘라야 한다. 질주냐 조화냐, 선형적 세계관이냐 순환적 세계관이냐. 이런 중요한 사항을 미리 결정하지 않았다니. 매일 밤 머릿속으로 범행을 되풀이하며 이미지트레이닝을 했건만. 상상 속에서 마지막으로 어떤 손가락을 잘랐지? 기억이 안 난다. 단지 살인마는 다음 범행 때 어떤 손가락을 자를 작정이었을까? 알 게 뭐람.

여섯 번째 손가락을 결정하는 문제로 난 완전히 패닉상태에 빠졌다. 그동안 검토한 자료를 바탕으로 단지 살인마의 심리를 분석하며 니퍼를 이쪽저쪽 옮기고, 그대로 따르고 싶은 건지 거역하고 싶은 건지 내 심리를 분석하며 니퍼를 이쪽저쪽 옮기고. 이 소모적인 집착은 페르소나와 그 뒤의 자아가 벌이는 인정투쟁 같은 것이었다. 단지 살인마와 내가 갈라지는, 나의 창의성이 유일하게 흔적을 남기는 지점. 결국 새끼손가락이 낙점됐다. 자르기가 더 수월하다는 이유로.

산기슭에 세워놓은 택시로 돌아와 내부를 진공청소기로 훑었다. 내 손이 닿았던 곳은 극세사 타월로 꼼꼼히 닦았다. 블랙박스와 위치추적기를 떼고 차 키는 풀숲에 던졌다. 운전석을 들여다보며 최종 점검을 하는데 갑자기 「사랑의 배터리」 반주가 요란하게 울렸다. 컵 홀더에 세워진 휴대

폰이 번쩍였다. 예은 엄마. 벨 소리는 끈덕지게
귀를 파고들었다.

　야당역까지 걸어가는 동안 담배를 세 대 피웠
다. 꽁초는 주머니에 보관했다가 전철역 휴지통
에 버렸다. 예상보다 시간이 많이 걸리는 바람에
아슬아슬하게 경의중앙선 막차를 탔다. 디지털미
디어시티역에서 6호선으로 갈아타고 역촌역으로
이동했다. 차에서 옷을 갈아입고 난지 한강공원
으로 갔다. 절단한 손가락을 담은 파우치에 쇠구
슬을 채워 한강에 던졌다. 니퍼와 위치추적기, 블
랙박스는 그냥 던졌다. 슈트와 구두를 연희동 주
택가에 있는 의류 수거함에 넣고 마스크와 장갑
은 신문지에 싸서 태웠다. 뒤처리를 마친 후 돌아
온 여의도 오피스텔이 두메산골 고향 집처럼 정
겨워 보였다. 끝났다. 완전범죄는 완성됐다.

　"잠깐만요."

　엘리베이터 문이 닫히기 직전 감색 유니폼에
등산용 캡을 눌러쓴 남자가 뛰어들었다. 방재실
직원으로 보이는 남자는 15층 버튼을 누르고 늘
어지게 하품을 했다. 엘리베이터 구석으로 물러

나 손잡이에 몸을 기대고 조용히 한숨을 내쉬었다. 잠깐만요, 한 마디에 그대로 풀썩 주저앉을 뻔했다. 감색 유니폼이 자동으로 경찰을 연상시켰던 모양이다. 쓴웃음이 나왔다. 이래서 죄짓고 살지 말라고 하는구나.

집에 들어서자마자 옷을 벗고 샤워부스로 들어갔다. 두피를 박박 문질러 머리를 감고 올리브 비누로 몸 구석구석을 닦았다. 살갗을 타고 흘러내리는 따뜻한 물의 감촉이 좋아서 샤워기 밑에 한참을 서 있었다. 세모꼴로 떨어져 나간 타일의 모서리를 멍하니 바라보는데 눈물이 쏟아졌다. 운다는 느낌도 없이 눈물은 계속해서 샘솟았다.

잠자리에 들자 위장에 쇠구슬을 채운 것처럼 몸이 침대 속으로 가라앉았다. 강바닥에 누워 꿈을 꾸었다. 니퍼로 종이에 그려진 새끼 고양이를 오리는 꿈이었다. 찬 바람에 손가락이 곱아들고 녹슨 니퍼는 끽끽거리며 제멋대로 움직였다. 노란 새끼 고양이가 너덜너덜한 몸으로 나를 흘겨보았다.

7

이튿날 파라디조paradiso라는 이탈리안 레스토랑에서 늦은 점심을 먹었다. 알리오 올리오 에 감베레티 파스타. 국수 한 그릇에 왜 그렇게 긴 이름이 필요한지 모르겠으나 맛은 좋았다. 하얀 테이블보와 아로마 향초가 자아내는 아늑한 분위기도 마음에 들었다. 내 또래 남자들에게 처음으로 이탈리안 레스토랑에서 파스타를 맛본 기억을 묻는다면 대부분 빙긋이 웃으며 첫사랑을 언급할 것이다. 나 역시 마찬가지였다.

그녀는 도스토옙스키를 흠모하는 노문과 학생

이었다. 우리 사이에 다리를 놓아준 것도 그 러시아 대문호였다. 드미트리, 이반, 알료샤, 스메르자코프, 이 안엔 카라마조프가의 형제들이 다 있는 것 같아. 김밥처럼, 하나로 돌돌 말려서. 처음같이 밤을 지새운 날 그녀는 손가락으로 내 가슴에 소용돌이 문양을 그리며 말했다. 내 안에 무엇이 돌돌 말려 있는지 알고 싶지 않았기에 『카라마조프가의 형제들』은 끝내 읽지 않았다. 난 그녀의 어떤 점에 끌렸던가. 콧잔등의 살풋한 주근깨와 곱창 밴드로 허술하게 동여맨 머리, 1차원과 4차원을 무심하게 오가는 유머 코드, 2주짜리 서점 아르바이트를 함께한 답답한 남학생에게 대뜸 데이트를 신청한 적극성도 좋았지만, 내가 정말로 좋아한 건 그녀의 왼쪽 눈이었다.

그녀는 왼쪽 눈이 약간 작은 짝눈이었다. 정면에서 보면 표정이 어딘가 살짝 기우뚱해 보이는 정도. 나를 향해 고개를 돌릴 때 그녀의 왼쪽 눈은 놀란 토끼처럼 활짝 벌어졌다. 콤플렉스를 인식한 어린 시절부터 몸에 밴 습관이었으리라. 댕그란 눈 주위로 파르르 지나가는 그 작은 떨림을 나는 사랑했다. 하지만 신비로운 결속력을 확인하고 싶어 하는 연인에게 그런 대답은 하지 말았어야 했다. 흠결까지 사랑하는 것과 흠결을 사랑하는 건 엄연히 다르니까.

우리는 내 입대 날짜에 맞춰 조금씩 멀어졌다. 짧은 설렘의 대가로 기약 없이 이어지는 권태와 사소한 충돌로 서로를 상처 입히는 설움과 생기를 잃어가는 육체를 겪을 틈이 없었던 우리의 연애는 요절한 천재 시인처럼 우상화되었다. 그녀야말로 평생 단 한 번 마주치는 운명의 상대였다고, 아무짝에도 쓸모없는 공상에 잠길 자유를 얻었다. 이따금 그 자유이용권으로 권태와 설움과 노화를 그녀와 함께하는 평행우주 속의 나를 그려본다. 그녀의 편지를 아껴 읽으며 무사히 군 생활을 마친 나를, 신경정신과 대신 영어학원을 들락거리는 나를, 야산의 시체 대신 슬슬 튀어나오는 아랫배를 걱정하며 딸아이를 어린이집에 데려다주는 나를. 과연 그랬을까?

계산을 하는데 카운터 뒷벽에 붙은 대형 사진

패널에 눈이 갔다. 하얀 모래사장과 야자수, 에메랄드빛 바다 위에 떠 있는 수상 방갈로는 평온하고 생뚱맞게 보였다. 낙원이라는 상호의 체면을 세워줄 소품이 하나쯤 필요했던 모양이다.

"저긴 어디죠?"

크로스타이를 맨 점원이 신용카드를 돌려주며 싱긋 웃었다.

"몰디브요. 너무 아름답죠?"

"예, 사진 속으로 당장 뛰어들고 싶네요."

"저도 볼 때마다 그런 생각 해요. 저기서 며칠 아무 생각 없이 빈둥거리고 싶다."

20대 초반의 점원은 눈을 반짝이며 사진을 돌아보았다. 자줏빛 곱창 밴드가 뒷머리를 동여매고 있었다.

"몰디브가 인도양에 있는 섬이죠?"

"맞아요, 인도 아래쪽에. 근데 저기 가려면 서둘러야 해요."

"왜요?"

"지구온난화 때문에 조금씩 물에 잠기고 있다는 기사를 봤거든요."

"아."

눈인사를 건네고 밖으로 나온 후에야 깨달았
다. 내가 약도 복용하지 않은 상태에서 처음 보는
사람과 천연덕스럽게 대화를 나누었다는 걸.

남편이 밤새 연락이 닿지 않자 예은 엄마는 여
기저기 전화를 돌리다가 경찰에 실종 신고를 했
다. GPS로 대밀산 기슭에 세워진 택시를 찾아낸
경찰은 때가 때이니만큼 경찰견을 동원해 대대적
인 수색을 벌였다. 나무에 묶인 승범이의 시신은
수색 세 시간 만에 발견됐다. 왼손으로 넘어간 단
지 살인마에 대한 공포가 또다시 전국을 휩쓸었
다.

매일 새로 올라오는 수백 개의 사건 관련기사
를 조마조마한 마음으로 클릭했다. 어슷비슷한
문장들, 똑같은 사진들, 이를 퍼 나른 각종 웹 페
이지가 끝없이 이어졌다. SNS에서는 분노의 한마
디가, 두려움의 한마디가, 조롱의 한마디가, 훈장
질하는 한마디가, 그 한마디를 리트윗한 한마디
가 격류처럼 흘러갔다. 잠시 성찰할 틈도 없이 계

속되는 자기복제. 정작 검색창에 입력한 단어는 한없이 가벼워져 휘발되는 느낌이다. 혹은 한없이 무거워져 제 무게에 압사되거나. 자기 자신을 스스로 지우는 시스템이라. 생각해보면 더없이 윤리적인 소멸이다.

달라진 건 없다. 미치광이 살인마의 무고한 희생자가 하나 더 늘었을 뿐. 달라진 건 없다. 미치광이 살인마의 무고한 희생자가 하나 더 늘었을 뿐. 달라진 건 없다. 미치광이 살인마의 무고한 희생자가 하나 더 늘었을 뿐. 달라진 건 없다……

어느 정도 불안감이 가시자 의식의 공백 상태가 찾아왔다. 심각한 건 아니고 '인생 뭐 있나'류의 느슨한 공백. 무지갯빛 아롱진 비눗방울 하나가 터질 듯 터지지 않고 머릿속을 둥둥 떠다녔다. 만사가 귀찮고 심드렁하게 여겨졌다. 주식에도 프라모델에도 손이 가지 않았다. 어떤 식으로든 후유증을 앓는 게 당연했다. 무단횡단조차 삼가며 살아온 소심한 인간이 형법 최고형에 해당하는 범죄를 저질렀으니. 아무 생각 없이 빈둥거리고 싶었다. 이왕이면 하얀 모래사장과 짙푸른 바다를 보면서.

파라디조 앞에서 크로스타이 점원을 기다렸다. 흑백 유니폼보다는 짧은 카디건에 청바지가 잘 어울렸다. 한 가지 제안을 하고 싶다는 말에 그녀는 잠시 머뭇거렸지만 커피 한 잔 마실 시간을 내주었다. 내 이름과 직업만 간단히 소개한 후 단도직입적으로 물었다.

"사진 속 그 리조트에 같이 갈래요?"

"에?"

"몰디브 물에 잠기기 전에."

"그치만, 아저씨가 누군지도 모르는데……"

"다른 뜻은 없습니다. 비용은 제가 대고 승희 씨가 여행 관련 준비를 도맡는 조건이에요. 항공권과 숙박 예약, 여행지 정보 같은 거. 방은 두 개 잡아도 됩니다."

"그치만……"

"제가 해외여행을 한 번도 안 가봤거든요."

"정말요?"

"예. 불안장애가 있어서 그동안 엄두를 못 냈어

요. 승희 씨가 오케이 하면 용기를 내서 여권부터
만들어보려고요."

"이거 참, 완전 당황스럽네요. 처음, 아니 두 번
째 보는 분이."

말과는 달리 그리 많이 당황하는 표정은 아니
었다.

"갔다 와서 집적거리는 일 없을 테니 다른 걱
정은 마세요. 그냥 누군가와 딱 여행만 하고 싶을
뿐입니다."

"혹시 짐 운반해달라는 거 아니에요?"

"짐?"

"마약 같은 거⋯⋯"

"저런, 저 그렇게 힘들게 돈 벌지 않아도 됩니
다."

그녀는 생각해보겠다고 하더니 이튿날 가겠다
는 카톡 메시지를 보내왔다. 어리둥절한 기분이
었다. 이런 게 통하는구나.

우리는 5박 6일 동안 선베드에 누워 열심히 빈
둥거렸다. 인도양의 깨끗한 하늘과 무심한 바다

에 둘러싸여 식사를 하고 산책을 하고 마사지를 받았다. 가장 넓은 공간과 가장 깊은 심연이 맞닿은 파랑의 세계. 의식의 공백을 메우기에 충분한 공백이었다. 승희 씨는 화이트와 블랙 비키니, 프릴이 달린 꽃무늬 원피스, 총 세 벌의 수영복을 가져왔고 방은 하나만 잡았다. 여자와 관계를 가지는 게 오랜만이라 긴장했는데 다행히 그녀가 편안하게 리드해주었다.

"무슨 책이야?"

승희 씨가 선베드에서 팔을 뻗어 읽고 있던 책을 건넸다. 오에 겐자부로의 『절규』라는 소설이었다. 이름은 들어본 작가였다.

"나 일문과 다니잖아요. 휴학 중이지만."

"그랬어?"

"하이, 소우데스."

"그럼에도 군이 한국어 번역본을 읽다니, 애국심이 투철하네."

"하이, 소우데스."

그녀는 킥, 웃으며 선글라스를 내려 썼다. 바닐라 아이스크림을 듬뿍 떠놓은 듯한 뭉게구름이 그녀의 두 눈 위에 얹혔다. 책장을 넘겨보았다. 여섯 줄에 걸쳐 있는 첫 문장을 읽고 나니 더 이상 들여다볼 마음이 들지 않았다.

어떤 공포의 시대를 살았던 프랑스 철학자의 회상에 따르면, 인간 모두가 너무 늦은 구조를 애타게 기다리고 있는 공포의 시대에는 누군가 한 사람이 아득한 구원을 바라며 절규할 때, 그것을 들은 이들은 모두 그 절규가 자신의 목소리가 아니었나 하고 자기 귀를 의심한다는 것이다.

인천공항에서 헤어지면서 언제든 훌쩍 떠나고 싶어지면 연락하라고 했다. 승희 씨는 싱긋 웃으며 그럴 일은 없을 거라고 했다.

"남친이 다음 달에 제대하거든요."

"음, 남자친구가…… 군대에 있었구나."

"아, 정말 꿈같은 여행이었어요. 비밀 추억으로 간직할게요, 빠이."

그녀는 손바닥을 쫙 펴서 흔들고는 돌아섰다. 나는 한 박자 늦게 그녀의 뒷모습에 대고 손을 흔들었다. 비밀 추억. 내가 누군가의 여자친구와 바람을 피웠구나. 아무렇지 않게 말하니 아무렇지 않은 일 같기도 했다. 그래, 인생 뭐 있나.

몰디브의 여운이 채 가시기도 전에 단지 살인마의 새로운 희생자가 나왔다. 여섯 번째라고 해야 할지, 일곱 번째라고 해야 할지…… 인천에서 발견된 30대 여성 변사체의 사인은 인슐린 과다 투여로 인한 저혈당쇼크였다. 오른손 손가락 전부와 왼손 새끼손가락과 약손가락이 잘려 있었다. 그녀는 임신 27주 차의 임산부였다. 극에 달한 사람들의 공포와 분노가 출구를 찾지 못하고 소용돌이쳤다. 지금 단지 살인마가 체포된다면 재판도 없이 참수된 후 광화문광장에 머리가 내걸릴 분위기였다.

만일 내가 그날 승범이의 왼손 엄지를 잘랐다면 어떻게 됐을까? 가장 먼저 든 생각은 그런 것이었다. 단지 살인마도 뉴스를 본다는 가정하에 그 혹은 그녀가 보일 반응은 둘 중 하나였다. 꿋꿋이 여섯 번째 범행을 저질러 홀로 십계명을 써

내려가거나, 너그러이 모방범을 받아들이고 일곱 번째로 넘어가거나. 전자 쪽이 더 껄끄러웠고 더 유력해 보였다. 단지 살인마의 선택은 후자였다. 덕분에 범행은 안전하게 묻혔지만 적잖이 혼란스러운 기분이었다. 어둠 속에서 차가운 손이 내 등을 토닥여준 것 같은.

다른 가능성도 생각해볼 수 있었다. 이번 사건 역시 모방 범죄일지 모른다는. 이전 다섯 건의 사건들 또한 단독범의 소행이 아닐지 모른다는. 이 만만찮은 가능성을 애써 무시한 이유는, 만일 범인이 서로 알지 못하는 다수라면 십계명에 따른 전개가 신비의 영역으로 넘어가버리기 때문이었다. 그쪽까지 헤아릴 여력은 없었다. 일곱 번째 계명이 어사무사했지만 일부러 찾아보지 않았다. 난 그만 손 털었으니 알아서들 하라지.

8

국민건강보험공단의 건강검진을 받았다. 며칠 속쓰림 증상이 이어져 위내시경을 추가했다. 내시경 호스가 목구멍을 통과해 들어가 내 속을 이리저리 살피는 게 느껴졌다. 더럭 겁이 났다. 다행히 놈이 밝혀낸 건 가벼운 역류성식도염뿐이었다.

저녁을 먹고 들어오는데 화장실 안에서 문 뒤로 숨는 그림자가 보였다. 열린 문틈으로 거울에 비친 내 모습이었다.

헬렌 켈러는 설리반 선생님을 만나지 않았다면 우울한 장애인으로 생을 마감했을까? 원효대사가 해골에 괸 물을 마시지 않았다면 일체유심조의 깨달음을 얻지 못했을까? 제인 구달의 아버지가 딸의 생일 선물로 침팬지 대신 하마 인형을 골랐다면 그녀는 하마 박사가 되었을까? 어린 시절 위인전을 읽다 보면 매끈한 교훈 대신 이런 조잡한 의문이 가슴에 남았다. 만일 단지 살인마가 등장하지 않았다면……

세상 어딘가엔 귀가 가려워서 미치는 사람도 틀림없이 있을 것이다. 이비인후과에 다시 가봐야겠다.

보나라는 두 살배기 아이가 축 늘어진 채 커다란 눈망울로 나를 쳐다보았다. 앙상하게 돌출된 갈비뼈 위로 파리들이 기어 다녔다. 화면 상단에 있는 유니세프 번호로 전화하자 간단한 인증 절차를 거쳐 영양실조로 고통받는 아프리카 아이들을 후원할 수 있었다. 세상 편해졌네. 텔레비전 채널을 돌려가며 각종 기부 캠페인을 찾았다. 선천성 심기형을 안고 태어나 출생신고도 없이 버려진 수진이를 위해 세이브더칠드런에, 하루 한 끼도 제대로 못 챙겨 먹는 독거노인들을 위해 전국천사무료급식소에, 에볼라 바이러스와의 싸움에 동참하기 위해 국경없는의사회에, 플라스틱으로 병들어가는 지구를 지키기 위해 그린피스에 정기 후원을 신청했다.

가무잡잡하고 우락부락한 인상의 집배원이 있었다. 그의 아내는 뽀얀 피부에 곱상하게 생긴 아들을 낳고 무척 기뻐했다. 시아버지가 지어준 빛날 영燨에 옥돌 민珉이라는 이름이 영 마음에 들지 않았던 그녀는 작은 반란을 일으켰다. 출생신고를 하면서 불 화火를 생략하고 꽃부리 영英 자만 써넣은 것이다. 그녀는 어릴 때부터 여왕과 신사의 나라 영국을 동경했다. 22년 후, 부부는 군대에서 발작을 일으킨 아들을 보러 급하게 길을 나섰다가 교통사고로 사망했다.

밤새 오로라 보기, 설경을 바라보며 온천욕, 콜로라도 로얄 고지 현수교에서 번지점프, 흰긴수염고래 만나기, 시베리아 횡단 열차 타고 『카라마조프가의 형제들』 완독, 이스터섬 모아이와 셀카 촬영, 윔블던 결승전 직관, 알함브라 궁전 앞에서 클래식 기타로 「알함브라 궁전의 추억」 연주, 민간 우주여행…… 냉장고 문에 노란 포스트잇이 나비 떼처럼 팔랑거렸다.

한밤중에 문을 두드리는 소리에 화들짝 깨어났다. 현관문 외시경으로 보니 웬 젊은 남자가 앞집 문에 머리를 처박은 채 불분명한 발음으로 누군가를 부르고 있었다. 그 집은 며칠 전 이사를 나가서 비어 있다고 알려주려다가 그만두었다. 침대에 누워 앞집에 살던 사람을 떠올려보았지만 생각이 나지 않았다. 문을 두드리는 소리는 새벽녘까지 띄엄띄엄 이어졌다.

책장 귀퉁이에 오에 겐자부로의 『절규』가 꽂혀 있는 걸 발견했다. 표지 안쪽에 메모해놓은 날짜

를 보니 복학을 앞두고 읽은 책이었다. 여섯 줄짜
리 첫 문장에 밑줄이 그어져 있었다.

스윙 종목으로 눈여겨보고 있던 바이오주가 터
지면서 사흘 만에 38퍼센트를 먹었다. 매도, 재매
수 타이밍이 거의 완벽했다. 감각이 다시 돌아오
고 있었다.

롤랑가로스 대회를 앞두고 텔레비전을 75인치
커브드로 바꿨다. 거실 벽면을 꽉 채우는 크기였
다. 불을 끄고 영화 「그래비티」를 바로 앞에서 보
는데 실제로 우주에 떠 있는 느낌이었다.

기절 베개, 크릴 오일, 미생물 음식물처리기를
샀다. 전에는 자동으로 건너뛰었던 홈쇼핑 채널
이 왜 이렇게 재미있는 건지. 창고 방에 택배 상
자가 쌓여갔다.

오로라를 보기 위해 사람들이 주로 찾는 곳은
아이슬란드, 노르웨이, 핀란드였다. 특히 아이슬

란드의 블루라군 온천은 눈밭에서의 온천욕과 오로라를 함께 즐길 수 있는 명소라고 한다. 버킷 리스트 두 가지를 한 번에 지울 수 있을지도 모르겠다.

점심을 먹고 들어오는데 우편함에 하얀 편지 봉투가 꽂혀 있었다. 봉투 겉면에는 아무것도 적혀 있지 않고 입구는 풀로 봉해져 있었다. 뜯어보니 두 번 접은 A4 용지가 나왔다. 내용은 볼펜으로 휘갈긴 단 한 줄이었다.

'단지 살인마, 전화 요망. 010-××××-××××'

9

중학교 교실에서는 쉬는 시간마다 "내가 웃긴 얘기 해줄까?"로 시작하는 이야기판이 벌어졌다. 대부분 시시껄렁한 허무 개그나 음담패설이었지만 몇 개는 아직도 기억에 남아 있다. 예를 들면 이런 것.

"옛날에 토끼하고 좆나게 빠른 거북이하고 경주를 했어. 누가 이겼게?"

수수께끼에 담긴 트릭을 따져보느라 저마다 머리를 굴리는 사이 가장 단순한 애가 나서기 마련이었다.

"좆나게 빠른 거북이."

"왜?"

"좆나게 빠르니까."

"오, 맞았어."

뭐야, 씨, 죽는다, 같은 핀잔에 아랑곳없이 다음 수수께끼가 이어졌다.

"좋아. 이번에는 토끼하고 모자 쓴 거북이가 경주를 했어. 누가 이겼게?"

아이들은 허를 찔린 표정으로 쉽게 답을 내놓지 못했다. 모자? 모자하고 달리기가 무슨 상관이지? 몇 가지 엉뚱한 답변으로 "땡" 소리만 듣다가 포기할 수밖에 없었다.

"누가 이겼는데?"

"모자 쓴 거북이."

"어째서?"

"모자를 벗겼더니 아까 그 좆나게 빠른 거북이였어."

이틀 동안 집에 틀어박혀 소리 없는 비명을 질러댔다. 정신을 차려보니 세탁실에 빈 담뱃갑 여섯 개가 구겨져 있고 스트라이크 프리덤 건담은

산산조각이 나서 바닥에 나뒹굴었고 단열용으로 쟁여놓은 에어캡의 공기 주머니가 하나도 남김없이 터져 있었다. 김장 비닐로 수차례 목이 졸렸던 곰 인형은 난도질되어 솜뭉치를 드러낸 채 샤워 부스에 처박혀 있었다. 다음 생에 난 알래스카 연어로 환생해 회색 곰에게 산 채로 껍질을 잡아 뜯기고 눈알을 파먹히게 되리라.

누굴까? 어떤 놈일까? 어디까지 알고 있는 거지? 원하는 게 뭘까? 아, 나의 완전범죄가 어디에서 틀어졌단 말인가! 머릿속으로 그날의 일을 수없이 복기했지만 승범이의 죽음을 나와 연결시킬 단서는 전혀 없었다. 그러니 경찰에서도 잠잠한 것 아닌가. 하지만 이놈은 알고 있다. 내가 한 짓을, 내가 사는 곳을. 실제로 집까지 찾아왔다. 지금도 주위를 얼쩡거리고 있을지 모른다.

뜨거운 물로 샤워를 하고 놈이 보낸 편지를 면밀히 살펴보았다. 어디서나 구할 수 있는 규격 편지 봉투와 75그램짜리 백색 A4 용지였다. 모서리를 맞춰 반듯하게 접은 걸 보면 나만큼이나 꼼꼼한 성격인 듯했다. 안 좋은 징조였다. 필체는 의도적으로 괴발개발 휘갈긴 티가 났다. 이 심각한 메시지를 '요망'이라는 단어로 살짝 희화화시켜 전달하는 레토릭까지 의도된 것인지는 모르겠다. 단지 살인마, 전화 요망. 단지 살인마, 전화 요망. 단지 살인마, 전화 요망. 들여다볼수록 논란의 소지가 있는 문장이었다. 처음엔 '어이, 단지 살인마, 긴히 할 말이 있으니 연락해'로 읽혔지만 보기에 따라서는 '나 단지 살인마인데, 우리 통화 좀 해야지'로 해석되기도 했다.

첫 번째 해석이 맞는다면 놈은 나를 단지 살인마로 인지하는 상태에서 접촉을 시도하는 것이다. 감히. 왜?「미스터 브룩스」에서 살인의 쾌감을 함께 느끼고 싶다며 연쇄살인범을 협박하는 머저리가 떠올랐다. 좀 더 현실적인 시나리오는 경찰에 신고하지 않는 조건으로 돈을 뜯어내는 것이다. 단지 살인마 신고 보상금이 1억 원, 아니 임산부 사건 이후 2억 원으로 올랐다는 뉴스를 본 것 같다. 거기에 위험수당을 붙여 못해도 곱절은 부를 테지. 배짱이 두둑한 놈이었다.

두 번째 해석이라면 단지 살인마가 함부로 끼

어든 자신의 모방범을 찾아냈다는 건데…… 생각만 해도 끔찍한 상황이었다. 끔찍하긴 한데 정확히 어떤 상황인지 파악이 되지 않았다. 놈은 태연하게 일곱 번째 살인을 저지름으로써 나를 수용하는 제스처를 취하지 않았던가. 선배 노릇이라도 할 참인가? 로열티를 받으려고? 함께 브런치를 들며 체험담을 나누는 건 사양하고 싶은데. 예측 불가의 존재를 예측하려니 셈법이 복잡했다. 어쩌면 돈에 눈이 먼 일반인보다는 이쪽이 나을지 모르겠다. 적어도 경찰은 신경 쓸 필요가 없으니까.

갈팡질팡 고민하는 사이 또 하루가 지났다. 마냥 뭉그적댄다고 해결될 문제가 아니었다. 상대가 가진 패를 알아내려면 어쨌든 연락을 취해야 했다. 숨겨둔 대포폰을 꺼내 충전기에 올려놓고 다시 반나절을 보냈다. 일단은 모르쇠 전술로 나가는 수밖에 없었다. 많은 정치인과 재벌들이 보여줬듯 밀져야 본전인 전술이니까. 로라제팜을 두 알 삼키고 종이에 쓰인 번호를 눌렀다. 엄지손가락이 통화 버튼 위에서 빙빙 맴을 돌았다. 손톱에 하얀 반점이 눈에 띄었다. 언제부터 이랬나. 이거 철분인가 아연 부족 때문이라던데. 한동안 먹는 게 부실하긴 했어. 혼자 살수록 제철 음식을 골고루 잘 먹어야…… 눌렀다. 신호가 울린다. 또 울린다. 전화를 받지 않는다. 신호가 울릴 때마다 심장박동이 증폭된다. 신호음과 심장박동이 안팎에서 고막을 두들긴다. 눈앞이 어룽거린다. 전화를 끊으려는 순간 펑, 통화 연결음이 터졌다. 커다란 버섯구름이 두개골 가득 피어올랐다.

"여보세요."

느긋하면서 안으로 감겨드는 목소리, 남자, 연령 추정 불가.

"판테온 1307호에 이상한 편지 꽂아둔 분인가요?"

"예에."

끝을 지그시 늘이면서 올리는 방임형 '예에'. 의문형처럼 들리기도 했다.

"이게 뭡니까?"

"……"

"누구세요? 뭐 하자는 거죠?"

"……"

"지금 온 나라가 발칵 뒤집힌 판국에 말이야, 이런 흉측한 장난을 치고 싶습니까?"

"……"

"단지 살인마라니. 허, 이름만 들어도 몸서리가 쳐지네요. 왜 이런 짓을 하는지 모르겠지만, 다음 번엔 바로 경찰에 신고할 겁니다."

전화가 끊겼다. 내가 흥분해서 끊었나? 아니다. 분명히 저쪽에서 끊었다. 뭐지? 끝난 건가? 모르쇠 전술이 통했나? 정말 행운의 편지 같은 장난질이었나? 통화 시간 42초. 내가 들은 말은 '여보세요'와 '예에' 두 마디뿐이었다.

멍하니 창밖으로 흐르는 한강을 바라보았다. 부슬비 속에서 서강대교 위로 자동차 불빛이 꼬리를 물고 이어졌다. 정수기에서 60도 온수를 한 컵 받아 마셨다. 세탁실로 가서 담배를 두 대 피웠다. 바닥에 흩어진 건담의 잔해를 그러모아 박스에 담았다. 다시 멍하니 창밖으로 흐르는 한강을 바라보는데 휴대폰에서 메시지 수신음이 울렸다. 놈이 보낸 동영상이었다. 떨리는 손가락으로 검은 화면 한가운데 떠 있는 세모꼴 버튼을 터치했다. 온몸의 뼈마디가 어긋나며 나는 그 자리에 폭삭 내려앉았다.

아르마니 정장에 헤드 랜턴을 쓴 내 뒷모습은 우스꽝스럽기 짝이 없었다. 쪼그려 앉아 니퍼로 손가락을 자르느라 엉덩이를 실룩대는 꼴이라니. 뭐라고 혼잣말을 계속 구시렁거리는 것도 당시엔 의식하지 못했다. 비닐봉지를 뒤집어쓰고 나무에 기대앉은 승범이가 차라리 의젓해 보였다. 끝났다, 다 끝났어.

내가 빠진 수렁의 깊이를 헤아리기에 충분한, 다음 대책을 강구하기엔 부족한 만큼의 시간이 흐른 후 다시 문자메시지가 왔다.

—더 보내줄까? 택시 청소하는 거, 증거물 한강에 던지는 거, 의류 수거함에 옷 버리는 동영상도 있는데.

계속 뒤를 밟았구나. 그것도 모르고 완전범죄 운운하며 혼자 승리감에 도취돼 있었다니. 상대의 패는 더 이상 볼 것도 없었다.

　—원하는 게 뭡니까?

　—5만 원권 만 장.

　—제겐 그만한 돈이 없습니다.

　—오피스텔 좋던데.

　—월세예요. 제 명의의 부동산은 없어요.

　—구해봐. 여생을 공짜 오피스텔에서 보내고
싶지 않으면.

　—전 단지 살인마가 아닙니다.

　—사람 죽이고 손가락을 잘랐지만 단지 살인
마는 아니다.

　—그 사람만 죽인 거예요. 단지 살인마를 빙자
해 개인적인 복수를 한 겁니다.

　3분 넘게 답신이 오지 않았다.

　—정말이에요. 손가락 어설프게 자르는 거 봤
잖습니까.

　—어설프긴 하더라.

―맞아요, 전 그냥 살인범이에요.

―자랑이다.

―신고해봤자 보상금은 없다는 말입니다.

―그래서? 깎아달라고?

―서로 납득할 수 있는 합의점을 찾았으면 합
니다.

―5만 원권 8천 장. 일주일.

―무립니다.

―일주일 후 동영상은 경찰에 넘어간다.

―그렇게 큰돈을 어떻게 일주일 만에 구합니까.

―재주껏.

―돈을 건네면 제가 안전해진다는 보장이 있
나요?

―나를 믿어보는 수밖에 없지 않나?

―시간이 더 필요합니다.

―일주일. 끝.

마지막 문자메시지를 망연히 내려다보고 있는
데 수신음과 함께 말풍선 하나가 더 나타났다.

—도망칠 생각 마. 밤낮으로 지켜보고 있으니까.

놈의 번호를 프레디라는 이름으로 저장했다.
맞다, 줄무늬 스웨터를 즐겨 입는 「나이트메어」의
주인공.

10

객관식 시험을 치르다 보면 정답은 모르겠지만 찍기엔 아까운, 마지막까지 알쏭달쏭한 문제가 남기 마련이다. 그럴 땐 문제를 무시하고 보기들을 비교 분석해서 답을 유추하는 게 확률이 높다. 하나의 정답을 숨기기 위해 의도적으로 만들어진 오답의 미묘하게 어색한 느낌을 잡아내는 것이다. 진실은 언제나 자연스러움에 있다. 거기에 담긴 의미와 상관없이.

① 순순히 돈을 건넨다.
② 해외로 도피한다.

③ 자수한다.

④ 맞짱을 뜬다.

주식을 전부 처분하고 예금에 오피스텔 보증
금을 합치면 3억 5천만 원 정도가 나의 전 재산
이다. 5천만 원만 더 깎으면 프레디의 요구를 들
어줄 수 있다. 그러고 나서 빈털터리로 살아간
다. 집도 절도 없이, 재기를 위한 시드머니도 없
이, 시드머니 마련을 위해 일자리를 구할 깜냥도
없이. 그것으로 끝날까? 부당한 수단으로 목돈을
손에 넣은 하류 인생들이 대개 그러듯, 놈은 흥청
망청 돈을 탕진하고 또다시 손을 내밀 것이다. 그
뻔뻔한 요구에 나로선 마땅한 대응 카드가 없다.
죽을 때까지.

그럴 바엔 3억 5천만 원을 들고 해외로 나가서
조용히 숨어 살까? 해산물이 풍부하고 미세먼지
걱정 없는 곳으로. 좋지. 해외라곤 몰디브 리조트
에서 5박 6일 빈둥거린 게 전부이지만. 프레디의
감시 아래 일주일 안에 모든 준비를 마쳐야 하지
만. 처방받은 약이 떨어지면 담배 한 갑 살 때에

도 온갖 불안반응에 시달리겠지만. 외화 밀반출하는 방법은 유튜브를 찾아보면 나오려나? 돈을 못 받게 된 걸 알면 프레디는 동영상을 경찰에 제보할 테지. 난 'Finger-Cutting Killer'로 인터폴 적색수배 명단에 당당히 이름을 올릴 것이다. 멋지다.

자수는 어떨까? 강력계 형사들과 팔짱을 낀 채 포토라인에 서고, 내 얼굴이 모든 방송사의 톱뉴스를 장식하고, 내 이름이 실시간 검색어에 오르내리고, 신상이 탈탈 털리고, 찹쌀모찌 비사가 까발려지고, 구속 상태에서 검찰 조사를 받고, 포승에 묶여 재판정을 들락거리고, 교도소에서 10년 이상을 흉악범들과…… 3번 보기의 '수'를 '살'로 바꾸는 게 낫겠다.

답은 정해졌다. 지금부터 마음 단단히 먹고 프레디와의 일전을 준비해야 한다. 아직 하늘은 안 무너졌다. 무너지는 중이다. 늦기 전에 솟아날 구멍을 찾아야 한다.

내가 프레디에 대해 아는 건 휴대폰 번호 하나

뿐이다. 나와 달리 범죄에 본인 명의의 휴대폰을 사용할 만큼 멍청하길 바라며 사이버 흥신소에 가입자 확인을 의뢰했다. 답신은 오래 걸리지 않았다.

가입자 성명 황인혜, 주민번호⋯⋯ 주소지는 경기도 김포시⋯⋯ 지난 5월 7일 사망한 걸로 나옵니다. 대포폰이네요. 추가로 문의하실 사항이 있으면⋯⋯

휴대폰 위치추적이 가능한지 문의했더니 잠시 후 다른 번호로 전화가 걸려왔다. 조금 더 심도 있는 불법행위를 상담할 때 사용하는 휴대폰인 모양이었다.

"이 폰은 전원이 꺼져 있네요. 아마 GPS, 와이파이 다 잠가놓고 통화할 때만 켰다 껐다 사용할 겁니다. 대포폰이 그렇죠."

어떤 상황에서도 유지될 것 같은 덤덤한 음성이었다.

"그럼 방법이 없는 건가요?"

"전원만 켜지면 통신사 기지국을 통해 추적할 수 있습니다. 반경 5백 미터에서 1킬로 범위로 나오죠. 지방인 경우 범위는 더 늘어나고요."

"그건 소용없어요. 휴대폰의 정확한 위치가 필요한데."

"사용자가 누군지 전혀 모르시는 건가요?"

"예."

"혹시 이 사람이 대포폰만 사용하는 처지인가요? 신용에 문제가 있거나, 경찰에 수배 중이거나."

"모르겠어요. 그런 건 아닐 겁니다."

"그럼 본인 명의의 폰이 따로 있겠네요?"

"예, 아마도."

남자는 잠시 음, 하는 소리를 내다가 말을 이었다.

"이게 손이 많이 가는 기법이라 잘 안 권하는데……"

검찰에서 사회 고위층 인사의 대포폰을 찾아낼 때 쓰는 방법이라고 했다. 감시 대상의 실명 휴대폰이 움직이는 기지국을 추적해 계속 같이 움직이는 번호를 가려내면 대포폰일 확률이 높다는 것. 내 경우는 역으로 대포폰과 함께 움직이는 번호를 찾아낸다면 사용자를 알아낼 수 있다는 설명이었다.

"말씀드렸듯이 일일이 수작업으로 진행하는 거라서 시간이 며칠 걸립니다. 비용도 그만큼 생각하셔야 하고."

"비용은 상관없으니까 시간을 최대한 단축해주세요."

"알겠습니다. 작업 끝나면 연락드리죠."

"잠깐만요. 혹시 미행 같은 것도 하시나요?"

일주일 내로 프레디의 정체를 밝혀내지 못할 경우 돈 가방을 가져가는 놈을 미행하는 수밖에 없다.

"그럼요. 저희는 온오프라인 연계해서 활동합니다. 전문가들이 상시 대기하고 있죠."

"저기, 그러면, 미행해서 손보는 건……"

"어느 정도를 생각하시나요?"

"그냥 적당히…… 말귀를 알아먹을 정도로."

"그쪽은 저희가 직접 나서지는 않고 그때그때

믿을 만한 친구들한테 아웃소싱을 줍니다. 필요
하신가요?"

어떤 부류에게 아웃소싱을 줄지 짐작이 갔다.
거액의 현금을 앞에 두고 직업윤리를 충실히 지
키는 인간들은 아닐 것이다. 만일 동영상까지 넘
어간다면 대상만 바뀔 뿐 똑같은 곤경이 반복될
게 뻔했다. 이건 내가 직접 처리해야 한다. 죽이
되든 밥이 되든.

"나중에 필요하면 의뢰하겠습니다."

프레디가 보낸 문자메시지를 재차 훑어보았다.
가진 건 현금과 주식밖에 없는 사람을 협박하면
서 월세 오피스텔을 언급한 걸 보면 프레디 역시
나에 대한 정보가 부족하기는 마찬가지인 듯했
다. 가장 신경 쓰이는 부분은 밤낮으로 지켜보고
있다는 경고였다. 사실이라면 반격의 기회는 극
히 제한적일 수밖에 없었다. 거실 창에 드리운 버
티컬 사이로 밖을 내다보았다. 수많은 사각 창문
들이 나를 에워싸고 있었다. 본격적으로 움직이
기 전에 테스트해볼 필요가 있었다. 프레디도 4억

원짜리 복권을 함부로 경찰에 넘기지는 못할 것이다.

트렁크에 겨울옷을 몇 벌 던져 넣고 집을 나섰다. 거리의 행인들이 전부 나를 향해 다가오는 듯한 착각이 들었다. 누군가 어깨에 손을 턱 올릴 것만 같아 뒤를 돌아보고, 다시 앞을 보다가 시야에 불쑥 들어온 그림자에 혼자 기겁하는 짓을 반복했다. 땀범벅이 되어 택시를 잡아타고 인천공항으로 갔다. 틈틈이 휴대폰을 체크했지만 프레디에게선 연락이 없었다.

커피와 담배로 시간을 때우며 어딘가로 떠나는 사람들, 떠났다가 돌아오는 사람들을 구경했다. 표정은 양쪽 다 밝은데 떠나는 사람들이 조금 더 수다스러웠다. 땀에 젖은 셔츠를 걸치고 선선한 대합실에 눌러앉아 있으려니 몸이 으슬으슬했다. 이럴 줄 알았으면 트렁크에 여름옷을 던져 넣을걸. 프레디에게선 여전히 연락이 없었다.

밤이 이슥해진 후에 택시를 타고 여의도로 돌아왔다. 일부러 쌍둥이 빌딩 앞에서 내려 한산한 거리를 걸었다. 보도블록에 트렁크 굴러가는 소리가 탱크 소리처럼 요란하게 울렸다. 집에 들어올 때까지 주머니 속 휴대폰은 잠잠했다. 밤이건 낮이건 나를 지켜보고 있다는 으름장은 역시 블러핑이었구나. 소파에 몸을 던지고 한숨 돌리는 찰나 메시지 수신음이 울렸다. 프레디. 머리털이 쭈뼛 섰다. 하지만 문자메시지의 내용은 우려했던 것과 조금 달랐다.

—그 택시 기사 왜 죽인 거야?

문자만으로는 질문의 뉘앙스를 파악하기 힘들었다. 당신이 무슨 상관이냐고 썼다가 지우고, 쪽팔려서 죽였다고 썼다가 또 지웠다.

—개인적인 사정입니다.
—응, 공적인 업무 같진 않더라.
—묵은 상처를 들추고 싶지 않네요.
—얘기해봐. 정상참작이 될지도 모르잖아.

놈은 판사라도 되는 양 거드름을 피웠다. 하긴

프레디는 지금 나의 검사이자 판사이자 사형집행인이었다. 처음엔 대충 학교 폭력 스토리 하나 던져주고 끝낼 생각이었다. 그런데 지장을 찍듯 양쪽 엄지로 자음과 모음을 하나씩 누르다 보니 어느 틈에 난 진지하게 고해성사를 하고 있었다. 20년 전 무슨 일이 있었는지, 열일곱 소년의 심정이 어땠는지, 그 트라우마가 이후의 삶을 어떻게 잠식했는지, 어떻게 부모님의 죽음으로까지 이어졌는지…… 말로 했으면 20분이면 충분했겠지만 엄지 두 개로 또박또박 심정을 전하려니 어느새 두 시간이 훌쩍 지나 있었다. 프레디는 한껏 부푼 내 말풍선 사이로 추임새를 던져가며 고백을 독려했다. 상대가 누군지 전혀 모른다는 점 때문에, 그럼에도 그의 말을 절대 거역할 수 없다는 점 때문에 오히려 후련하게 털어놓을 수 있었다. 마치 휴대폰에 강림한 신을 대면하는 것처럼.

—후회해?

내 이야기를 끝까지 경청한 프레디가 물었다.

후회. 후회? 후회! 연거푸 발음하다 보니 의미를 가진 단어라기보다는 거친 숨소리처럼 들렸다. 마지막 자음인 히읗 두 개가 조합된 추상명사. 이 조합에는 유독 헛헛한 느낌을 주는 단어가 많았다. 회한, 황혼, 하행, 형해, 혈흔, 회항, 해협, 하혈, 하향, 홀홀, 횡횡, 흑흑, 허허.

—안 해요.
—어째서?
—적어도 지금은 나 자신을 부정하고 있지는 않으니까.

프레디는 한참 침묵을 지키다가 답장을 보냈다.

—5만 원권 7천 장. 닷새 남았어.

정말로 정상참작을 해주었구나. 감사의 마음보다는 그로써 내가 바쳐야 할 액수가 전 재산 3억 5천만 원에 맞춰졌다는 사실이 오싹하게 다가왔다. 놈은 처음부터 나의 모든 걸 꿰뚫고 있던 게 아닐까? 나를 밤낮으로 지켜보는 존재, 내 무의식 속에서 탄생한 밀교의 사제. 프레디가 나 자신이 만든 분열된 자아일 가능성을 진지하게 고려해보았다. 그렇다면 난 지금 현실과 환상이 뒤섞인 마술적 리얼리즘의 공간을 헤매고 있는 건가. 나의 양심이 입에 칼을 물고 스스로를 갱생의 길로 인도하는 중인가. 나이 서른일곱에 생긴 상상 친구라니. 왠지 코끝이 찡했다.

다음 날 프레디로부터 한층 더 오싹한 문자메시지가 도착했다.

—야, 이 개싸이코 새끼야! 사람을 처죽이고 잠이 오냐!

휴대폰 화면을 우두커니 바라보았다. 간밤에 차분히 고해성사를 들어주던 신부님이 뒷골목 양아치가 되어 나타난 충격 때문만은 아니었다. "잠이 오냐!" 보통의 경우 오전 10시에 어울리는 호통은 아니었다. 하지만 20년 묵은 체증을 문자메시지로 털어낸 나는 라면 두 개에 계란과 김치를 넣어 끓여 먹고, 아껴두었던 몬테크리스토 시가에 불을 붙여 끝까지 피우고, 정수리가 얼얼해지도록 샤워기 밑에 서 있다가 실로 오랜만에 꿀잠에 빠진 참이었다. 나도 모르게 목을 움츠리고 주위를 둘러볼 수밖에 없었다.

찢어 죽일 놈, 개망나니, 정신병자 새끼, 닭대가리, 악마, 육시랄 놈…… 미처 대꾸할 새도 없이 프레디는 현란한 욕지거리를 퍼부었다. 지난밤과 달리 맞춤법도 엉망이었다. 그렇게 서른 개의 말풍선이 이어진 후 문자 폭격은 끝났다. 어안이 벙벙했다. 내 상상 친구는 해리성 정체감 장애 환자인가? 프레디의 실체가 무엇이건 내가 가장 상대하고 싶지 않은 상대인 건 확실했다. 패턴을 짐작할 수 없는 혼돈.

이틀 후 흥신소에서 연락이 왔다.

"괜한 헛수고를 했네요."

남자는 덤덤하게 말했다.

"못 알아냈나요?"

"알아냈습니다. 전원 켜졌을 때 계속 같이 움직이는 번호가 있기에 가입자를 털어봤죠."

"그런데요?"

"주소지가 같더라고요, 그 대포폰하고."

"예?"

"손동식, 황인혜, 둘이 부부였어요. 사망한 부인의 전화를 해지하지 않고 대포폰으로 쓴 거죠. 알뜰한 건지, 모자란 건지."

11

동이 트면서 좁은 골목을 지그재그로 가로지른 검은 전깃줄이 모습을 드러냈다. 양편에 늘어선 붉은 벽돌 주택들은 세월의 흔적으로 얼룩덜룩했다. 골목 끝에는 가운데 철제 난간이 박힌 시멘트 계단이 하늘을 향해 뻗어 있었다. 어릴 적 내가 살던 동네와 비슷한 풍경이었다. 그다지 떠오르는 추억은 없었다. 겨울이면 전봇대 밑에 차곡차곡 쌓이던 연탄재 정도. 비비탄의 과녁이자 눈사람의 속 재료이자 친환경 제설제가 되어주었던 뽀얀 살굿빛 연탄재. 꼭두새벽부터 남의 동네에 와서 연탄재나 생각하고 있다니. 어머니와 뒤곁 아궁이의 연탄불을 갈던 기억까지 덩달아 떠오른다. 밑탄 위에 새로 올린 연탄을 집게로 살살 돌려 구멍을 맞추는 작업이 하이라이트였다. 스물두 개의 검은 구멍으로 동시에 이글거리는 불꽃이 들여다보이는 순간이면 기묘한 황홀감이 아랫배를 콕콕 찔렀다. 유독 어둠을 무서워했던 어머니는 겨울밤의 한중간마다 가만히 내 팔을 흔들곤 했다. 우리 왕자님, 엄마랑 연탄 갈러 갈까? 어린 마음에 당당히 한 사람 역할을 한다는 사실에 고무되어 나는 흔쾌히 엄마의 손을 잡고 뒤꼍으로 갔다. 때론 소복이 쌓인 하얀 눈을 처음으로 밟는 행운을 누리기도 했다. 담벼락을 넘어온 외등 불빛에 반짝이는 숫눈길이 너무 예뻐서……

　메신저백을 어깨에 걸친 남자가 사이드미러에 나타났다. 운전석에 드러눕듯이 몸을 낮췄다. 남자는 골목 어귀 다세대주택 앞을 통과해 큰길 쪽으로 걸음을 재촉했다. 출근길인 모양이었다. 내가 기다리는 사람은 밤샘 근무를 마치고 퇴근하는 39세의 홀아비였다. 그는 지친 발걸음으로 골목 어귀 다세대주택으로 들어가 야트막한 시멘트 난간에 놓인 네 개의 화분을 지나쳐 반지하로 내려갈 것이다. 정체불명의 말라비틀어진 줄기들 사이에 잎이 무성한 방울토마토 화분이 도드라져 보였다. 옆집 담벼락 위에 있던 걸 내가 옮겨놓았다. 눈여겨보지 않아야 할 텐데.

경비 용역업체 소속인 손동식은 현재 M 가구 회사에 야간 경비원으로 파견 중이었다. 사흘 전 내 고해성사를 들어줄 때 그는 근무시간이었던 셈이다. 다음 날 아침 주간 근무자와 교대한 손동식은 회사 근처 단골 식당에서 요기를 했을 것이다. 가볍게 반주 한잔 걸쳤을지 모르겠다. 출근 행렬에 끼어 귀가한 후 씻고 텔레비전 채널을 이리저리 돌리다가 잠자리에 누웠을 것이다. 그리고 느닷없이 내게 쌍욕을 퍼부어댔다. 이유는 모르겠지만 이불을 걷어차고 일어나 휴대폰을 움켜잡는 장면이 그려졌다. "잠이 오냐!"는 극도의 흥분 상태에서 자신의 생활 패턴을 일반화하는 바람에 튀어나온 버그였을 테지. 미친놈.

큰길 쪽에서 땅땅한 체구의 남자가 카키색 바람막이 주머니에 양손을 걸치고 다가왔다. 다시

자세를 낮추고 남자를 관찰했다. 귀 뒤로 넘긴 더 벅머리에 뿔테 안경, 사막 위장용 군복 바지. 느낌이 왔다. 예상대로 발을 질질 끌며 골목으로 접어든 남자는 모퉁이 다세대주택의 반지하 계단으로 내려섰다. 종아리가, 허벅지가, 허리가, 가슴이 뭉텅뭉텅 잘려 나갔다. 다행히 머리가 사라질 때까지 손동식은 방울토마토 화분에 눈길을 주지 않았다. 귀가 시간, 오전 8시 56분.

10분을 기다렸다가 차에서 나와 골목으로 향했다. 편의점에 가는 동네 사람처럼 느긋하게. 손동식이 사라진 계단에 이르렀을 때 재빨리 몸을 틀어 방울토마토 화분에 숨겨둔 액션캠을 낚아챘다. 혹시 누가 지켜보고 있을지 모른다는 생각에 한 블록을 빙 둘러서 차로 돌아왔다.

동영상은 원하는 각도로 잘 찍혔다. 도어록 키패드가 또렷이 보이진 않았지만 손가락의 움직임으로 비밀번호를 알아내는 건 어렵지 않았다. 손동식이 현관문을 잡아당기는 장면에서 영상을 멈춰놓고 옆얼굴을 화면 가득히 확대했다. 하이, 프레디. 두툼하게 돌출된 아랫입술, 귀밑머리를 누른 안경다리, 유난히 선명한 귓바퀴. 이상하다. 분명히 눈에 익은 모습이었다. 어디서 봤는데, 뒤쪽 대각선, 바로 이 각도에서, 꽤나 강렬한 인상을 남긴…… "잠깐만요." 그자였다. 그날 엘리베이터로 뛰어들어 내 가슴을 철렁하게 만들었던 감색 유니폼. 13층에서 몰래 따라 내려 집으로 들어가는 나를 훔쳐보고 있었구나. 지금의 나처럼.

찜질방 식당에서 고등어조림을 주문했다. 맛은 그저 그랬지만 DHA가 머리 회전에 도움이 되길 바라며 가시를 발라 입에 밀어 넣었다. 손동식은 한숨 자고 초저녁 무렵에나 출근길에 나설 것이다. 그 사이 나도 배를 채우고 휴식을 취해둬야 했다. 개인 수면굴에서 한참을 뒤척였지만 잠은 오지 않았다. 온도가 가장 낮은 보석방에 들어가도 금세 숨이 막혔고, 아이스방에 들어가면 이내 몸이 덜덜 떨렸다. 몸속의 온도 센서가 망가진 것 같았다. 120분짜리 전신 아로마 마사지를 받을까 하다가 안마 의자로 대신했다. 사람의 살과 접촉하고 싶은 기분이 아니었다.

4시 반에 차로 돌아와서 블랙박스 영상을 확인했다. 그동안 손동식은 집에서 꼼짝하지 않았다. 무미건조한 하루구나. 어제도 그랬겠지. 어제의 어제도. 어제의 어제의 어제도. 그는 내게서 뜯어낸 돈으로 무엇을 할 계획일까? 잔소리할 부인도 없겠다, 진탕 한번 놀아볼 생각일까? 아니면 착실한 치킨집 사장님? 지상의 방 한 칸? 무슨 꿈을 꾸고 있건 이루어질 일은 없을 거다. 글로브박스에서 손전등과 졸피뎀을 빻은 가루를 꺼냈다. 심장은 차분하게 평소의 페이스를 유지했다. 하긴 살인도 했는데.

5시 58분에 시멘트 난간 위로 손동식의 머리가 나타났다. 아침에 퇴근할 때의 후줄근한 복장 그대로였다. 군복 바지가 큰길 쪽으로 완전히 사라진 후 15분을 더 기다렸다가 차에서 나왔다. 저녁 시간이라서 골목은 비어 있었다. 방울토마토 화분을 옆집 담벼락에 돌려놓는데 쪽문에서 꼬마 남자애가 자전거를 끌고 튀어나왔다. 황급히 손을 빼느라 화분이 담벼락에 털썩 얹혔다. 빨갛게 익은 방울토마토 하나가 길바닥에 떨어져 굴러갔다. 꼬마가 나를 빤히 쳐다보았다. 나도 꼬마를 빤히 쳐다보았다. 여섯 살이나 일곱 살, 누구나 한 번은 가졌던 해맑은 얼굴이었다. 꼬마는 내게 고개를 까딱 숙이더니 자전거에 올라 힘차게 페달을 밟았다.

4, 4, 0, 3, 1, 5.

도어록 돌아가는 소리가 경쾌하게 울렸다. 문을 열고 들어서자 어둠 속에서 쿰쿰한 악취가 풍겼다. 현관 구석에 신발을 벗어놓고 거실로 올라가 손전등을 켰다. 바둑판에 빈 소주병과 반쯤 먹은 고추참치 캔이 놓여 있었다. 빈 소주병은 거실과 주방 곳곳에 나뒹굴었다. 반짝이는 라면 포장지가 휴지통 뚜껑을 빼꼼히 밀어 올리고 나를 쏘아보았다. 냉장고 문에는 각종 배달 음식점 전단지와 함께 태아의 초음파 사진이 당근 모형 마그네틱으로 붙어 있었다. 자궁벽의 뭉개진 명암이 아기의 머리 양쪽에 뿔이 돋은 것 같은 착시를 일으켰다. 하필 저런 사진을 붙여놨담.

방은 두 개였다. 창고 겸 서재로 쓰는 작은방과 침대, 옷장, 화장대를 들여놓은 안방. 부인의 유품

을 죄다 정리했는지 옷장과 화장대는 거의 비어
있었다. 덕분에 안방 수색은 금방 끝났다. 컴퓨
터는 작은방 책상에 놓인 두툼한 구형 노트북 하
나였다. 전원을 켜보았지만 패스워드가 걸려 있
어서 안을 살펴볼 순 없었다. 노트북 뒤로 누렇
게 변색된 책들이 네 줄로 가지런히 쌓여 있었다.
『갈리아 전쟁기』『U-보트 비밀일기』『나의 투
쟁』『살라미스 해전』『워털루 1815』『잊혀진 병
사』『베트남 10000일의 전쟁』『명장 한니발 이야
기』…… 전쟁 관련 책들 사이로 소방공무원 수험
서와 바둑책 몇 권이 눈에 띄었다. 책상 서랍에
는 철 지난 고지서와 이월된 통장 뭉치가 고무줄
로 묶여 클립, 스테이플러, 펀치 같은 사무용품과
뒤섞여 있었다. 다트 화살이 두 개 나왔는데 벽을
둘러보아도 과녁은 보이지 않았다.

　방 두 개와 거실, 주방, 화장실까지 샅샅이 뒤
졌지만 USB나 외장하드, 다른 스마트기기의 사
용 흔적은 없었다. 가전제품들은 환갑 진갑 다 지
낸 듯한 구형 일색이었다. 지극히 아날로그적인
집 안 풍경으로 보건대 평소 클라우드 서비스에

익숙한 부류는 아닐 것이다. 그렇다면 동영상을 저장할 곳은 두 대의 휴대폰과 노트북뿐이었다.

냉장고에서 반쯤 빈 생수병을 꺼내 졸피뎀 가루를 털어 넣고 흔들었다. 밖에 나와 있는 생수병이 없는 걸 보니 나와 달리 늘 찬물을 마시는 모양이었다. 내일 아침 퇴근해서 이 물을 마시면 손동식은 깊은 잠에 빠져들 것이다. 누가 문을 열고 들어와서 휴대폰과 노트북을 챙겨 나가도 모를 정도로 깊이. 후속 대처는 그의 반응에 따라 수위를 결정할 생각이다. 신상 휴대폰과 노트북 가격에 약간의 위로금을 얹어 건네고 서로 좋게 끝내는 게 최선이다. 증거가 사라진 마당에 뭘 어쩌겠나. 그럼에도 경찰을 들먹이며 막무가내로 나온다면 흥신소에 아웃소싱을 의뢰하는 수밖에.

생수병을 냉장고의 원래 위치에 돌려놓았다. 이제 나가면 되는데, 나가야 되는데…… 뭔지 모를 꺼림칙한 기분에 발이 떨어지지 않았다. 집을 뒤지는 내내 그랬다. 이 공간에 서린 어떤 기운이 나를 끌어당기고 있었다. 자석이 철가루를 끌어당기듯 내 몸 여기저기서 세포들을 빼 가는 느낌.

냉장고 문을 닫자 머리에 뿔이 돋은 태아가 나를 흘겨보았다. 이목구비가 제법 자리를 잡았지만 아직은 불완전한 모습이었다. 집에 아기용품이 있었던가? 초음파 사진에 인쇄된 촬영일은 올해 4월 30일이었다. 휴대폰을 꺼내 흥신소에서 보낸 메시지를 찾았다. '가입자 성명 황인혜…… 지난 5월 7일 사망한 걸로……' 그렇다면 손동식의 부인은 조산으로 문제가 생겼거나 출산을 못 한 채 사망했다는 말이 된다. 사망한 임산부.

단지 살인마의 마지막 사건을 검색했다. 김포, 30대 여성, 황 씨, 임신 7개월, 사건 날짜는 5월 7일. 찜통 뚜껑이 열린 것처럼 머릿속이 뿌옇게 흐려졌다. 뭐가 어떻게 돌아가는 건지 갈피를 잡을 수 없었다. 이 집에 왜 단지 살인마의 희생자가 있는 건지, 그 남편이 어떻게 나를……

"누구세요?"

현관 센서등 아래 손동식이 어리벙벙한 얼굴로 서 있었다. 손가락에 걸려 있던 검은 비닐봉지가 바닥으로 떨어졌다. 소주 두 병과 번데기 통조림, 라면. 손동식의 오른팔이 천천히 올라갔다. 구부

정하게 뻗은 검지가 나를 가리켰다.

"어."

잘못 본 게 아니라면 손동식의 두 뺨에 번진 건 미소였다. 반가움을 표할 때 짓는. 하지만 미소는 이내 당혹스러운 표정에 밀려 사라졌다. 뿔테 안경 뒤에서 조그만 눈동자가 상하좌우로 움직이다가 발치에 놓인 소주병에 멎었다. 손동식이 슬그머니 허리를 굽혀 소주병을 향해 손을 뻗었다. 나는 앞으로 달려들며 바둑판에 놓인 빈 소주병을 거머쥐었다.

12

"예전엔 묶는다고 했잖아요. 묶었다가 다시 풀 수 있고, 저절로 풀리기도 하고. 그런데 요즘은 레, 레이저로 지지는 방법이 있더라고요. 확실히 막아버리는 거죠. 전 레, 레이저를 선택했거든요."

손동식은 말하는 중간중간 코를 찡긋거려 흘러내린 안경을 밀어 올렸다. 두리뭉실한 주먹코가 뿔테 안경에 붙은 플라스틱 모형처럼 보였다.

"애당초 전 아이 가질 생각이 없었어요. 지금도 세상엔 사람이 차고 넘치는데 나까지 뭘…… 결혼할 땐 비밀로 했죠. 인혜는 무조건 아이를 원했거든요. 배란일 꼬박꼬박 계산하고 무슨 한약도 지어 먹고. 옆에서 보고 있자니 애간장이 말랐지만, 하아, 어쩔 수 없었어요. 제가 수술한 걸 알면 난리가 났을 거예요. 헤어지자고 했을지도 몰라요. 안 되죠. 전 인혜 없이는 살 수 없거든요. 시간이 흐르면 좀 누그러지지 않을까. 정 안 되면 입양까지 생각하고 있었어요. 그런데 어느 날……임신 테, 테스트기를 내미는 거예요. 활짝 웃으면서. 설마 하는 마음으로 비뇨기과에 가서 검사를 받아봤어요. 안심해도 된다고 하더라고요. 절대 불가능하다고."

귀로는 손동식의 얘기를 들으며 눈으로는 노트북에 저장된 파일 리스트를 훑었다. 개수는 많았지만 대부분 저용량의 한글과 엑셀 파일이었다.

"우린 유기견 보호소에서 자원봉사를 하다가 만났어요. 인혜는 제가 평범해서 좋다고 했죠. 평범하게 특별하다고. 그 말이 너무 고마웠어요. 가진 건 없어도 정직하게, 서로 아껴주면서 알콩달콩 살자고 했는데…… 어떻게…… 나 몰래 딴 놈이랑 붙어먹다니. 내가 얼마나 사랑했는데. 날 배신하다니, 날! 어떡하면 좋을지 알 수가 없었어요. 속에선 열불이 끓어오르는데 그걸, 그걸 밖으로 끄집어낼 수가 없는 거예요. 화는 나고, 여전히 사랑하는데, 이해할 수가 없고, 말을 꺼냈다가는 다 무너져 내릴 것 같고…… 점점 불러오는 인혜의 배가 내 숨통을 틀어막았어요. 그 속에서 꿈틀거리는 작은 괴물이……"

손동식은 냉장고에 붙은 초음파 사진을 노려보다가 고개를 세차게 흔들었다.

"아, 내가 미쳤었나 봐요."

그의 정확한 근무지는 M 가구회사의 고양 물류 창고였다. 대밀산 자락에 새로 지은. 그가 바람결에 들었다는 소리는 승범이의 마지막 절규였을 것이다. 평소 '남의 일에 나서지 말자'라는 생활신조를 지녔던 손동식은 그날따라 귀신에 홀린 듯 산을 기어올라서 내가 승범이의 손가락을 자르는 광경을 목격했다. 두방망이질하는 가슴을 안고 지하철로 택시로 내 뒤를 계속 밟은 건 신고 보상금을 확실하게 챙기기 위해서였다고 한다.

휴대폰을 꺼내 112를 누르는 그의 손가락을 붙잡은 건 머리 위에서 지직거리는 싱싱노래방 간판이었다. 어이, 그 유명한 단지 살인마의 범행을 눈앞에서 목격한 게 과연 우연일까? 속에서 열불이 끓어오르는 이 타이밍에, 평소 안 하던 짓까지 해가면서 말이야. 네온 간판은 그의 귀에 대고 깜빡깜빡 속닥였다. 그깟 돈푼으로 네 문제가 해결되나? 마누라만 좋아라 하겠네. 어쩔 거야, 배가 빵빵하게 불러오는데. 모르는 척 누구 씨인지도 모르는 애새끼를 키우면서 살 거야? 아니면, 그녀를 딴 놈에게 고이 떠나보낼 거야? 널 무시하고 비웃고 뒤통수친 연놈의 행복을 바라면서? 너 그런 거 안 되잖아. 잘 생각해. 이건 하늘이 내린 메시지야. 하늘은 가끔 너같이 고분고분 살아온 얌전이에게 기회를 준다고. 조용히 잘못을 바로잡을 기회를.

결국 손동식은 1억 원을 포기하는 대신 그보다 더 비싼 고녀를 처리하기로 했다.

"그때 그냥 보상금이나 챙겼더라면……"

내가 돌아보자 손동식은 코를 찡긋거리며 시선을 피했다.

"보상금은 없다니까요."

"참, 그렇지."

예상대로 손동식은 단지 살인마의 후광에 힘입어 비교적 수월하게 용의선상에서 벗어났다. 잔악무도한 인간 백정에게 아내와 아이를 한꺼번에 잃은 비극의 주인공. 부부 사이에 대한 주변인들의 증언은 찬양 일색이었다. 의심스러운 보험이나 금전 문제도 없었다. 사우나 CCTV를 이용해 만든 가짜 알리바이가 입증되자 경찰은 더 이상 그를 귀찮게 하지 않았다. 화장터 굴뚝으로 날아가는 연기와 함께 모든 게 끝났다고 생각했다. 하지만 생각지 못한 내부 고발자가 나타났다.

"비몽사몽간에 눈을 떠보면 침대 옆에 배를 가른 인혜가 서 있어요. 시뻘건 핏덩이를 품에 안고서. 아무 말 없이 씩 웃으며 저를 내려다보는 거예요. 비명을 지르고 싶은데 입술이 꿰매져서 벌어지지가 않아요. 잠드는 게 무서워 소주로 버티다가 출근하고, 밤새 혼자 창고를 지키다 보면 또 창밖에서……"

저런 심약한 성정으로 사람을 죽이고 단지 살인마를 협박할 결심을 했다는 게 놀라울 따름이었다. 잠재력이 뛰어난 건지 주제 파악을 못 하는 건지.

"여기 동영상 없는 거 확실하죠?"

"예. 양쪽 해, 핸드폰에만 저장했어요. 방금 지운 게 다예요."

손동식은 외래어 앞에서만 말을 더듬는 패턴이 있는 듯했다.

"클라우드 같은 데 옮겨놓은 거 아니에요?"

"크, 클라우드, 그게 뭐죠?"

"됐어요."

어차피 신고는 못 한다. 우리는 서로의 비밀을 인질로 잡고 각자 조용히 살아가면 되는 것이다. 신의 짓궂은 장난질만 아니라면. 검색창에 '십계명'을 입력했다. 일곱 번째 계명, 간음하지 말라.

"아까 그 노래방 간판이 속닥거릴 때, 혹시 십계명 얘긴 없었어요?"

"십계명?"

"모세가 하나님한테 받은 열 가지 계명 말이에요. 이거 하지 말라, 저거 하지 말라, 하는 거."

"전 무교라서 잘 모르는데, 그게 왜……"

"아니, 됐어요. 이 전쟁 관련 책들은 다 뭡니까?"

"그냥 뭐, 취미예요. 세상살이 공부도 되고. 어릴 때부터 전쟁사를 좋아했어요. 장래 희망에 늘 장군이라고 썼죠. 어쩌다 보니 군대는 방위를 갔지만."

노트북을 덮고 거실로 나갔다. 벽에 기대앉은 손동식의 이마에 핏줄기가 그어져 있었다. 핏줄기는 눈썹을 타고 방향을 바꾼 후 뺨을 거쳐 턱까지 이어졌다. 손을 묶은 노끈을 가위로 자르고 화장실에 걸린 수건을 던져주었다.

"얼굴에 피 닦아요."

"예, 예. 고맙습니다."

손동식은 끈 자국이 팬 양 손목을 교대로 문지른 후 수건으로 얼굴을 닦았다. 수건에 묻어난 피를 보고 흠칫 놀라는 표정이었다.

"나한테 돈 뜯어내면 뭐 하려고 했어요?"

"어, 그게……"

손동식은 민망한 표정으로 고개를 숙였다.

"아는 형님이 시, 싱가포르에서 건축 사업을 하

는데 거길 가볼까 했어요. 여기선 도저히 못 견딜 것 같아서. 그 나라는 범죄인인도조약, 그것도 없다고 하데요. 그런데 막상 떠나려니 빈손으로 갈 수는 없고, 아무리 궁리해도 돈 나올 구멍은 안 보이고, 그러다가 문득 선생님이⋯⋯"

"선생님이라고 부르지 말라니까요. 내가 왜 댁의 선생님입니까?"

"아, 예, 죄송합니다. 문득 그쪽이 생각나더라고요. 여의도 고층 오피스텔에 사니까 여유가 있지 않을까. 비싸 보이는 양복도 막 버리고. 죄송해요. 그 돈을 다 받을 작정은 아니었어요. 얼추 손에 들어오는 대로 어떻게든 시, 싱가포르로⋯⋯사실 그렇게 친한 형님도 아닌데. 말도 안 통하는데서 어떻게 혼자 지내나. 아아, 모르겠어요. 뭐에 홀린 것처럼 그냥 이렇게 돼버렸어요."

손동식은 일그러진 울상에 공감을 바라는 옅은 미소를 곁들여 나를 바라보았다. 환장하겠네. 그의 옆으로 가서 무릎을 끌어안고 벽에 기대앉았다. 등허리가 선득했다.

"그런 생각은 했어요. 혹시 선생님, 아니 그쪽

도 나와 같은 처지가 아닐까. 사람이 촉이란 게 있잖아요. 아무래도 연쇄살인마처럼 보이진……"

"손동식 씨."

그는 입을 벌린 채 나를 돌아보았다.

"우리는 살인자예요. 사형, 무기, 5년 이상 징역. 정신 멀쩡한 상태에서 계획적으로 범행을 저질렀기 때문에 감경 사유도 없어요. 감경은커녕 동식 씨는 존속살해로 가중처벌 대상이에요. 그것도 임신 중인 아내를."

손동식은 목구멍에서 꺽꺽 소리를 내며 몸을 반대쪽으로 틀었다. 등허리에 스며든 반지하의 꿉꿉한 습기가 곰팡이처럼 온몸으로 퍼져갔다.

"우린 선택을 한 거예요. 평생을 괴로움 속에서 사느니 목숨 걸고 고통의 원인을 제거하기로. 그렇죠?"

손동식은 보일 듯 말 듯 고개를 끄덕였다.

"잘한 짓은 아니지만 어쩔 수 없었잖아요. 우리야말로 피해자고, 궁지에 몰린 생쥐처럼, 그러니까 말하자면…… 전쟁. 그래요, 작은 전쟁을 치른 거죠."

"전쟁을."

"저 많은 책들에 나올 거 아니에요. 우연히, 필사적으로 지금의 역사를 만든 무수한 전쟁들이. 일단 터지면 누군가는 죽고, 누군가는 살아남고, 얼마든지 뒤바뀔 수 있고…… 다행히 우린 승리했어요. 살아서 집으로 돌아왔어요. 참전 군인들처럼 트라우마는 남겠지만 어떻게든 다시 일상에 적응해야죠. 저도 괴로워요. 괴롭고 악몽에 시달리고, 그런데 한편으론 새로운 의욕이 샘솟기도 해요. 내 삶을 지키기 위해 이런 짓까지 했는데 앞으로 못 할 게 뭐 있겠나. 안 그래요?"

내 억지 설득에 손동식은 마지못해 고개를 끄덕였다.

"지금 모든 관심은 단지 살인마에게 쏠려 있어요. 우린 잠자코 지켜보기만 하면 돼요. 달라진 건 없어요. 미치광이 살인마의 무고한 희생자가 하나 더 늘었을 뿐."

"예, 그렇긴 한데…… 아, 내가 먼저 미쳐버릴 것 같아요. 간신히 잠이 들면 경찰이 문을 박차고 들어와요. 화들짝 놀라 일어나면 아무도 없고. 길

가다 사, 사이렌 소리만 들려도 다리에 힘이 풀려서 주저앉아요."

들썩이는 손동식의 어깨에 손을 얹고 심호흡을 했다. 그도 나를 따라 호흡을 가다듬었다.

"시간이 필요해요. 당연하죠, 이게 무단횡단도 아니고. 진득하게 버티는 수밖에 없어요. 그동안은 서로 연락도 하지 말고 쥐 죽은 듯이 지내야 해요. 우리는 전혀 모르는 사이인 거예요. 알았죠?"

손동식은 다소 진정된 기색으로 고개를 끄덕였다.

"머리 괜찮아요? 피가 계속 나네."

"괜찮아요. 조금 찢어진 건데."

"미안하게 됐어요. 갑자기 소주병을 집어 드니까 저도 반사적으로……"

"아유, 제가 잘못한 건데요."

"좀 더 빨리 움직였어야죠."

우리는 마주 보며 피식 웃었다.

"그런데 오늘 출근 안 해요?"

"오늘은 비, 비번이에요. 나흘 야간 뛰면 하루

는 쉬어요."

이런, 패턴이 무너졌다. '비번'을 외래어로 착각한 건가?

"잠깐 기다리고 있어요."

밖으로 나가서 편의점을 찾았다. 딸기우유를 하나 마시고 담배를 피우고 현금인출기에서 3백만 원을 뽑았다. 돌아와 보니 손동식은 거실에 너부러져 코를 골고 있었다. 빈 생수병이 옆에 나란히 쓰러져 있었다. 졸피뎀을 깜빡했네. 하긴 지금은 푹 자는 게 좋을 듯했다. 침대에서 베개를 가져다 머리에 괴어주고 옷장에서 여름용 홑이불을 꺼내 덮어주었다. 안경을 벗기니 얼굴이 더욱 퀭하게 보였다. 돈 봉투에 메모를 남겨 안경과 함께 바둑판 위에 놓았다.

'머리 치료받고 끼니 잘 챙겨 먹어요. 맨날 소주만 마시지 말고.'

범인은 왜 위험을 무릅쓰고 범죄 현장에 다시 나타나는 걸까? 내 경우는 금연 때문이었다. 얼마 전부터 호흡할 때 가슴이 갑갑한 증상이 나타났다. 들이마신 숨이 폐로 퍼지지 못하고 기관지 부근에서 똘똘 뭉치는 느낌이었다. 실제로 호흡기에 문제가 생긴 건지 심인성 질환인지 모르겠지만 우선 담배부터 끊기로 했다. 삶에 긍정적인 변화가, 변화를 위한 단호한 의지가 필요한 시점이었다. 끊자. 마지막으로 가장 의미 깊은 장소에서 딱 한 대만 피우고.

20여 분 산을 오르는 사이 셔츠 등판이 땀에

흠뻑 젖었다. 그날은 승범이를 어깨에 걸머메고 오르면서도 뺨에 닿는 공기가 서늘했는데. 기온이 오른 만큼 산림이 울창해져서 교수대로 썼던 나무를 찾는 데 시간이 걸렸다. 밑동을 가린 수풀을 들춰보니 로프에 쓸린 자국이 화상 흉터처럼 남아 있었다. 현장에 오면 그날의 일이 괴로울 만치 생생하게 되살아날 줄 알았는데 그렇지는 않았다. 니퍼 그립을 통해 전해지던 살과 뼈마디의 감촉이 손바닥을 간질일 뿐. 뒤쪽 아카시아 덤불에 노란 폴리스 라인 테이프가 엉겨 바람에 나풀거렸다.

바위에 걸터앉아 마지막 담배에 불을 붙였다. 숨길은 갑갑한데 담배 연기는 양쪽 폐로 잘도 퍼져갔다. 동그란 불덩이가 손가락을 향해 굼실굼실 다가왔다. 만 열아홉 살이 되던 해 1월 1일 0시에 첫 담배에 불을 붙인 후 하루 평균 한 갑 정도를 꾸준히 피워왔다. 계산기를 두드려보니 대략 13만 개비가 넘는 숫자였다. 더 일찍 시작할 수도 있었지만 합법적인 흡연 가능 날짜가 될 때까지 꾹 참고 기다렸다. 규칙을 칼같이 지키는 행위

는 규칙을 어기는 행위 못지않은 쾌감을 선사해
준다.

언젠가 봤던 '정신병원 24시'라는 다큐멘터리
가 떠올랐다. 정신병원에도 교도소의 영치금과
유사한 제도가 있는데, 환자들이 그 돈으로 매점
에서 가장 많이 구입하는 게 전화카드와 담배라
고 한다. 그들에겐 일종의 생존 키트인 셈이다.
매일 정해진 통화 시간마다 환자들은 공중전화
앞에 줄을 서서 담장 밖의 세계로 전화를 걸어댄
다. 하지만 무의미한 대화에 이골이 난 가족과 친
구들은 대부분 전화를 피한다. 한두 마디 안부만
주고받다가 서둘러 끊어버리거나. 시무룩한 표정
으로 돌아선 환자들은 흡연 구역에 모여 뻐끔뻐
끔 줄담배만 피워대는 것이다.

빵소니차에 치여 죽은 여덟 번째 희생자는 강
남 일대의 원룸을 털고 다니던 좀도둑이었다. 빵
소니 운전자가 단지 살인마를 가장하려고 손가락
여덟 개를 자른 게 아니냐는 의견이 대두되면서
'단지 빵소니'까지 검색어 상위에 올랐다. 그럴 수

있지. 그래봤자 달라지는 건 없지만. 십계명의 여덟 번째는 '도둑질하지 말라'이다. 신의 뜻은 장엄한 사원이나 정제된 의식이 아니라 정녕 이런 터무니없는 우연을 통해 이 땅에 내려오는 건가. 이 정교한 혼돈을 설계한 신이 있다면 난 유물론을 버리고 기꺼이 종교에 귀의하리라.

가슴 갑갑증이 시작된 건 사건 며칠 후부터였다. 한밤중에 손동식에게서 전화가 걸려왔다.

"절 조사했던 형사가 집으로 찾아왔어요."

"예? 형사가 왜요?"

"제 차를 살펴보고 사건이 벌어진 날 아, 알리바이를 묻더라고요. 형식적인 절차라곤 하는데, 어쩐지 절 의심하는 눈치였어요."

"그래서 어떻게 됐어요?"

"다행히 제가 근무하던 시간이라 잘 넘어갔어요."

"됐네요, 그럼. 경찰도 단서가 없으니까 사방으로 찔러보고 다니는 거죠. 어차피 이번 건 동식 씨가 한 게 아니잖아요."

"아, 그럼요. 그렇긴 한데…… 자꾸 집 안을 기

웃거리면서 한마디씩 툭툭 던지는 거예요. 아내
분 사진을 싹 치운 것 같다, 유골함은 어디에 모
셨느냐, 냉장고의 초음파 사진을 빤히 들여다보
고."

"쓸데없는 말 흘린 거 아니죠?"

"예, 예, 그럼요. 적당히 얼버무렸어요."

"괜히 쫄 거 없어요. 여덟 번째 사건이 터졌으
니 이제 수사망에서 완전히 벗어난 거예요."

"그럴까요? 그러면 다행인데…… 아, 모르겠어
요. 손가락 여덟 개가 잘렸다는 뉴스를 보다가 화
장실로 달려가 구역질을 했어요. 속이, 기분이 너
무 이상한 거예요. 단지 살인마가 계속 등 뒤에
서 있는 것 같아요."

손동식의 범행을 접했을 때 나도 비슷한 기분
이었다. 화장실로 달려가 구역질을 하지는 않았
지만.

"결국은 탄로 날 거예요. 천벌을 받을 거예요."

"동식 씨, 침착해요. 그렇게 안절부절못하면 없
던 의심도 생기겠어요. 얌전히 피해자 코스프레
만 하라니까요. 그리고 전화는 그만해요. 우린 모

르는 사이라고 했잖아요."

"예, 알긴 아는데, 혼자 있으려니 너무 무섭고 갑갑해서…… 숨 쉴 때마다 공기가 가슴에 꽉 뭉쳐서 내려가질 않아요. 악몽 때문에 잠도 제대로 못 자겠고. 아, 이런 속내를 누구한테 털어놓겠어요."

검지와 중지 사이에 희미한 열기가 느껴졌다. 벌써. 인생 마지막 담배를 제대로 음미하지 못했네. 일부러 여기까지 올라왔는데. 하나 주면 정 없다는 불문율은 '마지막'에도 적용되어야 하지 않을까. 담뱃갑을 꺼낼 구실을 짜내고 있는데 노랑나비 한 마리가 팔랑이며 눈앞을 가로질렀다. 아카시아 덤불에 내려앉은 나비는 합장하듯이 날개를 가지런히 모아 접었다. 가만히 쳐다보고 있자니 날개가 촉촉하게 물기를 머금으며 쪼그라들었다. 시가처럼 돌돌 말린 나비가 더듬이를 접고 번데기 속으로 들어간다. 갈색 번데기가 가느다란 실에 의지해 아카시아 가지에 매달린다. 필름이 빠르게 돌아간다. 낮밤이 교차한다. 번데기가 투명한 허물을 뒤집어쓰고 애벌레로 변한다. 꼬물꼬물 애벌레가 가지를 타고 흙바닥으로 내려온다. 내 두 발 사이로 기어오더니 움직임을 멈춘다. 통통한 애벌레는 어느새 잘린 새끼손가락으로 변해 있다.

필터까지 타 들어온 담배꽁초를 땅에 버리고 운동화 앞꿈치로 짓이겼다. 몸에 해로운 습관은 하루빨리 제거해야 한다. 어디선가 내 마지막 날을 디자인하고 있을 운명이 최대한 어려움을 겪도록.

손동식이 보낸 동영상을 휴대폰에 띄웠다. 낑낑대며 승범이의 손가락을 자르는 내 뒤태는 다시 봐도 꼴사나웠다. 동영상의 촬영 각도를 가늠하며 뒤로 물러섰다. 10여 미터 떨어진 곳에 큼직한 바위가 박혀 있고 뒤쪽으로는 덤불이 우거진 가파른 비탈이었다. 바위 뒤에 몸을 숨기고 휴대폰을 내밀어보니 영상과 실물의 나무 각도가 일치했다. 이렇게 가까이 있었구나. 몸을 돌리자 나뭇가지 사이로 5백 미터쯤 떨어진 이웃 야산의 산마루가 마주 보였다. 좁은 골짜기를 왕복 2차선 도로가 한가로이 지나고 있었다. 답사 때 와서 봤던 풍경이었다. 시선을 가까이로 당겨 아래쪽을 훑었으나 창고 같은 건 보이지 않았다.

비탈을 타고 산을 내려갔다. 길이 따로 없어서 나뭇가지를 붙잡으며 속도를 조절해야 했다. 손바닥이 긁히고 운동화와 바짓단이 흙먼지로 뽀얗게 덮였다. 바람결에 들려온 절규 때문에 한밤중에 이런 곳을 기어올랐다니. 뭣에 단단히 홀리긴 홀린 모양이었다. 긍정적인 면을 보자. 현상금 1억 원짜리 공공의 적을 즉각 신고하는 상식적인 인간에게 목격되지 않은 게 얼마나 다행인가.

산기슭에 이르자 비로소 녹색 철제 펜스를 두른 창고가 보였다. 샌드위치 패널로 직육면체 모양만 대충 둘러맞춘 건물이었다. 창고 앞에서는 인부 두 명이 5톤 탑차에 침대며 탁자 등을 싣고 있었다. 옆에 팔짱을 끼고 선 감색 유니폼의 덩치가 주간 경비원인 듯했다. 누런 강아지 한 마리가 나비를 쫓는 듯 주변을 폴짝거리며 뛰어다녔다. 소규모 공장들이 산재한 동쪽 기슭과 달리 위성 지도에 나무만 빼곡한 서쪽 기슭은 꼼꼼히 살피지 않았었다. 변수를 최소화하기 위한 노력이 부족했다.

　무심코 담배를 꺼내 입에 물었다가 다시 담뱃갑에 집어넣었다. 참자. 노력해야지. 담뱃갑에는 열 개비의 담배가 남아 있었다. 똑같이 생긴 열 명의 사람이 모여 서서 나를 올려다보는 것 같았다. 10, 손가락, 십계명. 왠지 불길하다는 핑계로 결국 한 대를 꺼내 물고 불을 붙였다. 메마른 향기가 기도를 긁으며 내려갔다. 마지막이다. 이게 정말 마지막이다.

14

　

"아이들이 커다란 벚나무에 올가미를 걸고 나
를 목매달았어요. 5월이었나 봐요. 분홍 꽃잎이
함박눈처럼 흩날렸어요. 숨이 막혀오고 눈알이
튀어나올 것 같은데 죽지는 않아요. 밑에서 아이
들이 해맑게 웃으며 죽창으로 나를 쿡쿡……"

"백발의 간호사가 내 팔에 주사를 놨어요. 그런
데 주삿바늘을 꽂아둔 채 또 다른 주사를 놓는 거
예요. 또 다른 주사를 또, 또, 또. 팔다리며 엉덩이
에 가슴에 목에 얼굴에, 온몸이 주사기로 뒤덮였
어요. 움직일 때마다 깊숙이 박힌 주삿바늘들이

흔들려……"

"경찰에 쫓기다가 커다란 기계 속으로 도망쳐
들어갔어요. 사방에서 차갑게 빛나는 톱니바퀴
들이 맞물려 돌아갔어요. 톱니바퀴를 피해 이리
저리 달리는데 움직일 수 있는 공간이 점점 좁아
졌어요. 톱니바퀴가 옷을 잡아 찢고, 살을 파먹어
들어오고……"

손동식에게서 밤낮없이 전화가 걸려왔다. 갈
수록 상태가 안 좋아졌다. 그는 악몽 때문에 잠을
설쳤고 나는 그의 전화질 때문에 잠을 설쳤다. 그
가 나의 악몽이었다. 수면장애는 삶의 질을 떨어
뜨리고 내재된 질병 요인을 악화시키며 우울증이
나 조현병 같은 정신질환으로까지 이어지는 심각
한 병증이니, 사달이 나는 건 시간문제였다.

"이젠 어디부터가 꿈인지 모르겠어요. 경비실
에 앉아서 잠깐 졸았는데, 다리가 저려서 내려
다보니 그 핏덩이가 내 종아리를 뜯어 먹고 있

는 거예요. 거머리처럼 들러붙어서 뾰족한 이빨로……"

새벽 2시였다.

"낮에 잠을 못 자니까 그렇죠. 내가 준 약들 먹고 잠을 좀 청해봐요."

"약 안 들은 지 한참 됐다니까요. 오늘 낮엔 집으로 경찰이 찾아와서 이것저것 캐묻고 갔어요. 어쩌죠? 어떡하죠?"

"진정해요. 다 허깨비란 거 알잖아요. 경찰은 지금 단지 살인마 쫓느라 바쁘다고요."

"아니, 아니, 전에 그 형사가 진짜로 또 왔어요. 수사 중에 인혜의 내연남이 밝혀졌다고, 알고 있었냐고 날 몰아붙였다니까요."

침대에서 몸을 벌떡 일으켰다.

"그게 무슨 소리예요? 자세히 말해봐요."

"씨, 동네 과일 가게 주인을 만나고 있었더라고요. 인혜가 과일을 좋아했거든요. 특히 딸기를 좋아했는데 비싸서 많이 못 사줬어요. 나쁜 새끼, 어쩐지 내가 갈 때마다 실실 쪼개면서……"

"경찰이 정관수술 한 걸 알고 있어요? 다른 남

자 애였다는 걸?"

나도 모르게 버럭 소리를 질렀다. 손동식은 주눅이 들어 웅얼거렸다.

"아뇨, 그건 아직 모르더라고요. 근데 분명히 의심하는 눈초리였어요. 아, 어떡하죠? 의료기록 조사하면 다 나올 텐데. 병원에서 환자 기록은 안 내주나? 그래도 경찰은 영장 받으면 다 볼 수 있겠죠?"

휴대폰을 귀에 붙이고 정수기로 가서 온수를 연달아 받아 마셨다. 미치겠네. 어쩌다 이런 혹이 붙어가지고.

"틀림없이 다시 올 거예요. 사우나 뒷문 쪽의 CCTV 뒤지다 보면 가짜 알리바이도 탄로 날 텐데."

손동식은 울부짖기 시작했다.

"아아, 도저히 안 되겠어요. 못 견디겠어요. 심장이 터져버릴 것 같아. 차라리 자수하는 게 낫겠어요."

"안 돼요!"

내 심장이 먼저 터져버릴 판이었다.

"결국엔 다 밝혀질 텐데, 더 이상은 못 견디겠어요."

"교도소 생활은 견딜 수 있을 것 같아요?"

"죗값을 받으면 마음이나마 편해지지 않을까요? 걱정 마세요. 그쪽 얘기는 하지 않을게요. 내 죄만 자백할게요."

그 고마운 언약이 지켜질 가능성은 제로였다. 형사 앞에서 진술을 시작하는 순간 횡설수설 내 범행을 목격한 얘기부터 나올 게 뻔했다.

"이봐요, 동식 씨, 진정해요. 진정하고 우리 생각을 해봅시다, 생각을. 뭔가 좋은…… 그래요, 싱가포르. 거기 아는 형님이 있다고 했죠? 싱가포르에서 새로 시작하는 거예요. 거긴 범죄인인도조약도 없다면서요."

"지금 해외로 나가다가 걸리면 빼도 박도 못해요. 갈 형편도 안 되고. 어차피 쇠고랑 차는 건 시간문제인데 자수하면 정상참작이 되지 않을까요?"

"임신한 아내를 죽여놓고 정상참작은 무슨, 무조건 사형 아니면 종신형이에요."

"그렇겠죠? 아아, 그럴 거야."

"지금 동식 씨한테 필요한 건 새로운 환경이에요. 일단 여길 벗어나서 마음을 추슬러야 해요. 내가 도와줄게요."

"도와준다고요? 어떻게요?"

"저한테 현금이 1억 정도 있어요. 전에 그, 협박받을 때 마련해놓은 건데, 그걸 정착금으로 가지고 가요."

"아니, 아니에요. 그럴 수는 없어요. 그냥 저 혼자……"

"괜찮아요. 우린 한배를 탔으니까 힘을 합쳐야죠. 신고 보상금 받아서 새 출발 한다고 생각해요. 여기서 있었던 일은 전부 잊고. 이럴 게 아니라 만나서 상의합시다. 돈을 가지고 나갈 테니까. 지금 어디예요? 창고에 있어요?"

"예. 그렇긴 한데……"

"내가 그리로 갈게요."

창밖에는 비가 주룩주룩 내리고 있었다. 다시 백팩에 준비물을 챙겼다. 전기 충격기, 라텍스 장갑, 마스크, 로프, 헤드 랜턴, 덕트 테이프, 커터 칼…… 독일제 7인치 니퍼를 대신할 도구는 프라모델용 소형 니퍼밖에 없었다. 한숨부터 나왔다. 이번엔 아홉 개나 잘라야 하는데.

당나귀의 허리를 부러뜨린 건 마지막 지푸라기일까, 그 전에 실려 있던 임계치의 짐일까? 당나귀는 어느 쪽을 원했을까? 허리가 부러질 것 같은 짐을 지고 꾸역꾸역 목적지까지 가는 것과, 그냥 부러지고 끝내는 것 중에서.

빗방울이 앞 유리로 달려들어 시야를 가렸다. 와이퍼가 쓸고 또 쓸어내도 빗방울은 모지락스럽게 들러붙었다. 승범이 무릎에 앉아 그 짓을 해줄 때도 그랬지만, 이런 일이 두 번째라고 딱히 수월해지는 건 아니다. 결단이 조금 빨라질 뿐. 게다가 이번엔 성격이 전혀 달랐다. 승범이 건이 내가 직접 기획한 프로젝트였다면 이건 붙잡혀서 마지못해 하는 야근이었다. 어쩔 수 없지. 누군가는 야근을 해야 회사가 돌아가니까.

주유소에 들러 평소처럼 '3만 원'을 외쳤다가

마음을 바꿔 가득 채워달라고 했다. 꽤 먼 길을 돌아다니게 될 것 같았다. 주유하는 사이 차분히 생각해보니 한 가지 문제점이 보였다. 부부가 함께 단지 살인마에게 살해되었다면 모를까, 일곱 번째와 아홉 번째 희생자로 선택되는 상황은 아무래도 부자연스러웠다. 벼락은 한 번 떨어진 곳엔 다시 안 떨어지는 법인데. 경찰 또한 다양한 가능성을 염두에 두고 수사를 진행할 것이다. 생각지 못한 곳에서 꼬리를 밟힐 위험이 커진다는 뜻이다. 그렇다면 굳이 단지 살인마에 집착할 이유가 없었다. 자살로 위장하는 건 어떨까? 사랑하는 아내와 아이를 잃은 슬픔을 감당하지 못하고 술김에 극단적인 선택을…… 혹은 아내에게 내연남이 있었다는 사실에 충격을 받고 홧김에 극단적인 선택을…… 그럴싸하다. 그런데 내가 완벽한 자살 무대를 꾸밀 수 있을까? 예습도 준비물도 없이 나온 마당에. 두세 시간 후면 동이 틀 텐데. 이번엔 단지 살인마라는 연막마저 없는데. 그럴 바엔 시신을 숨기는 게 낫겠다. 경찰의 의심을 받기 시작하자 잠적한 것으로 보이도록. 그래, 이쪽이 가장 깔끔하다. 한데 시신을 어디에 숨기지? 이 시간에 삽을 사러 다닐 순 없고, 트렁크에 넣고 바다로 가야 하나? 가봤자 배를 타고 나가야 바다에 던지지. 흥분 상태에서 빗속을 돌아다니다가 사고라도 나면…… 역시 단지 살인마를 가장하는 게 가장 안전한 방법인가?

확실히 마음을 정하지 못한 채 물류 창고에 도착했다. 출입문 앞에 우비를 걸치고 서 있는 손동식의 실루엣이 보였다. 일단은 눈앞의 문제부터 처리하자. 하나씩 차근차근. 속도를 줄이며 복식호흡을 했다. 탑속에탑이있고탑속에탑이있고탑속에탑이있고탑속에…… 두 번까지는 괜찮다. 세 번째부터 연쇄살인이다. 차를 세우자 손동식이 뒷문을 열고 올라탔다.

"비도 오는데, 죄송합니다."

"괜찮아요."

"근데 아무리 생각해도……"

"내 말대로 해요. 이게 우리 둘 모두에게 최선이에요."

"그렇긴 한 것 같긴 한데……"

"1억이면 넉넉하진 않아도 당장 떠날 순 있겠죠?"

"어유, 그럼요. 근데 이렇게 큰돈을 더, 덥석 받아도 되는 건지 모르겠네요."

손동식이 고개를 디밀어 조수석에 놓인 백팩을 곁눈질하며 말했다. 어눌한 말투 속에 달뜬 기대감이 뛰놀고 있었다. 나는 보란 듯이 백팩을 툭툭 두드려 그의 헛꿈을 부풀렸다.

"우선 이걸 싱가포르로 보내는 방법을 알아보세요. 그 형님이 사업을 한다니까……"

말을 돌리면서 점퍼 주머니에 손을 넣어 전기 충격기를 움켜쥐었다. 눈앞에 무방비로 드러난 손동식의 하얀 목, 경동맥을 타고 흐르는 빗방울. 튀어 나가려는 내 손길을 붙잡은 건 십계명이었다. 문득 아이러니하다는 생각이 들었다. 그가 죽게 되는 이유는 진실을 발설하려 했기 때문이다. 십계명의 아홉 번째는 '거짓 증언을 하지 말라'인데. 아귀가 안 맞네. 이러면 패턴이 무너지는데…… 그 한순간의 멈칫거림으로 승부가 갈렸다. 뒷좌석에서 날아온 올가미에 목이 졸리며 나는 오는 길에 들렀던 주유소를 떠올렸다. 아, 3만 원만 넣을걸.

15

무너진 벽으로 불어 들어온 바람이 나를 흔든
다. 삐거덕삐거덕, 휑한 공간에 녹슨 쇳소리가 울
린다. 여기는 어디쯤일까? 철거하다 만 폐건물 같
은데. 악몽에 시달리느라 바쁜 와중에 부지런히
답사까지 다닌 모양이었다. 예상대로 꽤 먼 길을
달려왔다. 트렁크에 실려서 올 줄은 몰랐지만.

무슨 기현상인지 숨이 끊어진 후에도 주위가
또렷이 보였다. 백팩을 열어보고 실망하는 손동
식의 표정이, 트렁크의 어둠이, 웅덩이에 떨어지
는 빗방울이, 기우뚱하게 매달려 있는 문짝이, 천
장을 가로지른 녹슨 파이프가, 내 목을 잡아당기

는 긴 밧줄이…… 그날 승범이도 부옇게 김이 서린 비닐 뒤에서 나를 지켜보고 있었을까? 사후 세계라는 게 이렇게 시시할 줄이야.

밧줄을 고정시킨 손동식은 어디선가 찌그러진 양동이를 가져와 내 발밑에 눕혀놓았다. 결국 버킷 리스트는 하나도 지우지 못하고 양동이bucket만 걷어찬 꼴이네. 몇 발짝 떨어져 가늘게 뜬 눈으로 무대를 점검하던 손동식이 품에서 지퍼백을 꺼냈다. 지퍼백에는 검푸르게 변한 손가락 일곱 개가 들어 있었다. 저런 미친놈, 자기가 자른 아내의 손가락을 보관하고 있었구나. 그는 지퍼백을 내 점퍼 주머니에 쑤셔 넣고 종종걸음으로 자리를 떴다.

손을 움직일 수 있다면 뜨거운 박수로 배웅해주었으련만. 손동식은 아예 자살한 범인을 만들어 의심을 벗기로 작전을 세운 것이다. 역시 보기보다 배짱이 두둑하네. 가장 근본적인 해결책이긴 하지. 성공만 한다면. 전쟁사 공부가 취미라는 작자가 정말이지 멍청하기 짝이 없는 작전을 세웠다. 고작 이따위 증거물 하나 던져놓고 경찰이 나를 단지 살인마로 지목하길 바라다니. 으이그.

잠깐…… 어쩌면 가능할지도 모르겠다. 내 차에는 흥미로운 도구들이 잔뜩 담긴 백팩이 있다. 경찰은 곧 나와 양승범이 고교 동문이라는 사실을 밝혀낼 테고, 1학년 3반 친구들을 탐문하면 살해 동기는 어렵지 않게 나올 것이다. 영어 강사 작은아버지의 진술을 토대로 피살자 장례식장에 나타나 육개장을 먹는 용의자의 경악스러운 모습도 CCTV에서 찾아내겠지. 손동식은 어리숙한 얼굴로 어떤 거짓말을 보태려나? 오피스텔 문을 따고 들어온 형사들은 장식장 가득한 프라모델 컬렉션을 구경하다가 왼쪽 하단 서랍에서 깔끔하게 정리된 단지 살인마 파일을 발견하고 쾌재를 부를 것이다. 파일에서 나온, 십계명에 따른 경이로운 살인 설계도는 모든 이슈를 빨아들이는 태풍의 눈이 될지니. 알리바이도 없겠다, 경찰은 나머지 범행들까지 어떻게든 나의 소행으로 엮으려 하겠지. 그래야 이 지긋지긋한 단지 살인마에게서 벗어날 수 있을 테니까.

그나저나 이 멍청이가 장소를 잘못 골랐다. 실

종 신고 해줄 사람도 없건만 하루 이틀 안에 눈에 띌 장소를 택했어야지. 벌써 몇 번이나 해가 뜨고 졌는데 아무도 오지 않는다. 언제까지 여기 매달려서 썩어가는 내 몸을 쳐다보고 있어야 하나. 푹푹 찌는 날씨에 늦은 장맛비까지 오락가락하는데. 너무 흉한 몰골로 발견되고 싶지는 않다. 폐건물 앞에 주차된 빨간 프라이드를 수상히 여겨줄 호기심 많은 행인이 속히 나타나기를. 아니면 종일 뉴스를 검색하고 있을 그 멍청이가 몸이 달아 익명의 제보라도 하겠지.

나의 착지와 함께 단지 살인마는 한동안 검색어 1위 자리에서 내려오지 않을 것이다. 내가 수많은 언론의 헤드라인을 장식하는 유명 인사가 될 줄이야. 내 과거와 현재가 샅샅이 파헤쳐지고 정신병력이 낱낱이 분석되고 그래도 채워지지 않는 퍼즐의 빈 곳에 온갖 왜곡과 뒷공론과 신화가 덧붙여질 테지. 전대미문의 십계명 연쇄살인! 사회 공포증, 위험한 외톨이들! 나머지 29개의 손가락은 어디에? 학교 폭력이 초래한 악마의 시나리오! 프라모델 오타쿠, 살인을 조립하다! 살인마의 주식 투자 기법! 자살로 봉인한 미스터리, 왜? 팬 카페가 서너 개는 더 생길 것 같다. 나는 무수히 복제되며 가볍게 휘발될 것이다. 혹은 내 무게에 압사되거나.

거짓 증언을 하지 말라. 그래, 그렇지. 이제야 아귀가 들어맞는다. 나는 단지 살인마가 됨으로써 거짓 증언을 하는 셈이다. 범인이 전부 몇 명인지 모르겠지만 나는 그들을 대표하여 바쳐진 제물이다. 나는 어린양이다. 강제로 속죄하는 어린양이다. 하지만 나의 속죄로 끝나는 게 아니다. 이 정교한 혼돈이 마무리되기 위해서는 한 명의 희생자가 더 나와야 한다. 대단원의 막을 함께하지 못해 아쉬울 뿐이다. 음…… 마지막 열 번째 계명이 뭐였더라?

살의殺意의 불협화음, 살인殺人의 화음

서희원

1

소설을 일종의 건축에 비유하는 흔한 어법처럼 모든 작가는 단어와 문장을 쌓아올려 하나의 형상을 만든다. 누구에게 그것은 비교할 바 없는 개성과 약동하는 삶의 움직임을 온몸에 담고 있는 하나의 인간이기도 하고, 누구에게 그것은 사람들과 사건들이 유기적으로 연결되어 만들어지는 하나의 세계이기도 하다. 축조로서의 소설 작법을 대표하는 작가 중 한 명이 최제훈이라는 것에는 큰 이견이 없을 것이다. 풍문과 창작, 그리고 재창작과 해석의 연쇄를 통해 거대한 이야기의 성을 쌓은 등단작 「퀴르발 남작의 성」(2007)에서 시작해, 현실과 허구, 작가와 작중인물이 서사의 사슬에 묶여 펼쳐지는 근작 『천사의 사슬』(2018)까지, 최제훈은 세심하게 고른 단어와 문장, 이를 연결시키는 다양한 담론을 활용하여 다른 작가들과의 어설픈 비교가 성립되지 않는 유니크한 문학적 공간을 형성하였다. 그 공간을 한마디로 정의하자면 '미로'이다. 미로는 어지럽게 길이 갈라져 있거나, 아니면 유사하게 생긴 구획의 반복이나 막다른 길을 통해 그곳으로 들어간 주체의 공간 지각력을 의도적으로 훼손하는 공간이다. 최제훈은 꿈과 현실, 소설을 쓰는 작가와 작가에 의해 창조된 주인공을 교차로 등장시키거나, 기존에 잘 알려진 독자의 상식과 작품을 위해 창작된 기상奇想을 교차시켜 독자가 지닌 독서의 원심력과 구심력 사이를 인위로 조절하며 책 읽기의 혼란과 긴장을 만들어간다.

　공간 창조자로서의 최제훈이 가진 또 하나의 특징은 이렇게 만들어진 미로로 독자를 안내하고, 그를 탈출이 불가능한, 하지만 그 안에서 나름의 안정을 찾아가는, 미노타우로스로 만드는 것에 만족하지 않는다는 점이다. 최제훈의 건축은 공간의 창조에서 끝나는 것이 아니라 그것의 찬란한 파괴를 통해 완성된다. 비유하자면 이는 정교한 도미노와 같다. 그가 자리를 잡고 위치시킨 문장이나 단어, 에피소드는 결말의 순간에 서로를 향해 쓰러지며 연쇄적인 몰락을 진행한다. 이렇게 만들어진 거대한 혼돈은, 완성되는 순간 끝이 나고, 다시 새롭게 시작되는 무한한 순환 속에 유한한 인간이 살고 있다는 미적감각을 체험하게 한다. 우주의 원리라고 할 수 있는 창조와 파괴의 무한한 진행을 유한한 공간 속에 담아내고자 하는 것이 최제훈이 가진 작가적 열망의 핵심이다.

『단지 살인마』 역시 이러한 최제훈의 작가적 서명이 깊게 각인된 작품이다. '살인'은 『성경』에 기록된 것처럼 「창세기」부터 시작하여 「요한계시록」에 이르기까지 그 어느 장에서도 빠진 적이 없는 인류 보편의 문제이자 인간이란 존재를 혹은 그 욕망을 설명하고 해석하는 중요한 키워드이다. 쉽게 이해하기 어려운 인간의 심연을 최제훈은 펼쳐진 손바닥 위로 옮겨 온 후 잘려진 손가락으로 단순화시켜 독자들에게 전달한다. 하나, 둘, 셋, 넷, 다섯, 손가락을 접어서 숫자를 세듯 하나씩 잘려가는 손가락을 따라 우리 시대를 살아가는 인간의 어두운 욕망은 펼쳐진다. 여섯, 일곱, 버려진 스물여덟 개의 손가락을 따라 살인이라는 어둡고 복잡한 행위를 추리하는 합리적 의심은 사라지고 숫자의 연쇄만이 모든 살의를 알려준다. 여덟, 그리고 아홉, 『단지 살인마』에서 희생자의 손가락은 여덟 개가 잘리는 것에서 멈추지만, 주인공 장영민의 자살로 위장된 죽음은 상징적인 아홉 번째 손가락이 된다. 밧줄에 매달려 바람에 흔들리는 장영민의 시체는 최제훈이 독자들에게 흔드는 하나 남은 왼손의 새끼손가락이다. 그것은 끝의 예고—9는 손가락으로 셀 수 있는 숫자의 마지막이다. 10은 곧 0이기 때문이다—인 동시에 새롭게 시작되는 죽음—그것은 다른 방식으로 보자면 새롭게 숫자를 세어나가는 1이기도 하

다—의, 아니 살인을 원하는 인간의 적의가 타인
들에게 던지는 살인의 끝나지 않는 약속처럼 남
게 된다.

2

　『단지 살인마』는 2013년 발표한 동명의 단편
「단지 살인마」를 보다 확장시킨 경장편이다. 확
장이라고 표현했지만, 사실 단편 「단지 살인마」가
빠른 스토리 전개 위에 주인공의 단상을 결합시
킨 데생의 형태를 가지고 있었기 때문에 경장편
『단지 살인마』는 기존의 것을 '확장'하였다기보다
는 여기에 필요한 살을 붙이고, 도면에 있던 것을
실제에 맞게 가다듬고, 새로운 것을 추가한 '완성'
이라고 쓰는 편이 더 정확한 지칭이 될 것이다.
　'단지 살인마'는 오른쪽 새끼손가락부터 시작
해 오른쪽 약지와 중지, 검지, 엄지 순으로 손가
락을 절단하며 살인의 희생자에게 동일범의 흔적
을 각인시키는 연쇄살인범에게 붙여진 별칭이다.

세 건의 살인이 발생할 때까지 사람들은 이를 연결 지어 생각하기보다는 개별적인 살인의 우연한 접점이라고 판단하였다. 하지만 "오른손 검지까지 손가락 네 개가 잘린 네 번째 희생자가 나오자 온 나라가 발칵 뒤집혔다."(13쪽) 이것이 동일범에 의한 연쇄살인이 맞다면, 범행 장소나 대상, 살인 방법이 "철저히 비정형적"(20쪽)인 이 사건의 희생자는 말 그대로 모든 사람이 될 수 있기 때문이다. 항상 그렇듯 온라인상에는 이 사건에 대한 "온갖 가설과 억측과 두려움과 호기심이 난무"(24쪽)했고, 주인공인 장영민도 "인터넷에 떠도는 기사와 풍문을 훑어보는 안락의자 탐정"(20쪽)이 되어 손가락을 자르는 것 외에 어떠한 규칙도 없는 무질서에서 하나의 패턴을 발견하기 위해 이 사건을 탐구하기 시작한다.

특별한 직업 없이 주식 전업 투자자로 살고 있는 장영민은 "우주의 모든 움직임에는 패턴이 있다"고 생각하는 사람이고, 자신의 성공 이유를 "숨겨진 패턴을 투시하는 혜안"(18쪽)에서 찾는 인물이다. 그는 이를 자신만이 가진 특별한 힘처럼 설명하며, 주식시장의 수많은 비정형적 정보를 하나의 음표 삼아 "웅장한 교향곡"을 작곡하는 예술가의 행위에 비교한다. "내겐 HTS 창 위를 흐르는 투명한 악보가 보인다. 남실거리는 오선 위로 꼬리를 흔들며 지나가는 음표들의 노래가 들린다. 그 선율에 손가락을 맡기고 매매하면 실패하는 법이 거의 없다."(19쪽) 좀처럼 발견되지 않던 단지 살인마의 패턴은 장영민이 "머리도 식히고 새로운 자극도 받을 겸" 보게 된 영화에서 영감을 얻어 찾아진다. "탐식, 탐욕, 나태, 음욕, 교만, 시기, 분노, 가톨릭 7대 죄악"(26쪽)을 모티브로 한 영화 「세븐」을 본 후 장영민은 단지 살인마의 범행이 "십계명"을 따라 벌어지고 있다는 공통점을 발견한다. "설마, 아니겠지. 그렇게 쉬우려고." 장영민은 너무나도 평범한 패턴에 의구심을 품지만, 인터넷 검색을 통해 이를 비교한 후 "약간의 현대적 변용을 허용한다면, 희생자들은 정확히 십계명의 순서에 따라 살해되고 있"(28쪽)다는 사실에 전율한다.

단지 살인마의 패턴을 발견했다는 뜻밖의 사

실은 장영민의 지적 호기심을 만족시키는 것에서 멈추지 않고 그의 인생을 헤집으며, 봉인되어 있던 오래된 살의를 끄집어낸다. 다섯 번째 희생자가 나오고, 장영민은 그의 장례식장에 찾아가 그의 과오가 십계명의 다섯 번째 계율인 '부모를 공경하라'를 어겼다는 사실을 확인하고는 자신의 고통을 살인을 통해 완치할 계획을 세운다. 장영민은 학교 폭력과 집단 따돌림의 피해자로 이 경험은 그에게 "사회불안장애"(18쪽)를 안겨주었던 것이다. "난 지금도 그 교실의 늘어선 책상들 사이 좁은 통로를 걷고 있다"(35쪽)고 말하는 장영민의 고백처럼 그때의 치욕과 모멸감은 그의 삶을 완전히 다른 것으로 만들었던 것이다. 장영민은 "사이버 흥신소"에 의뢰해 학교 폭력의 가해자인 양승범에 대한 정보를 수집하고, 택시 기사인 그의 직업을 고려한 살인 계획을 세운다. 장영민은 목격자가 없고 도주가 용이한 장소로 "고양시 성석동에 있는 대밀산"(43쪽)을 선택하고, 양승범의 택시에 손님으로 탑승해 그를 그곳으로 유인한 후 살해한다. 장영민이 잘라낸 양승범의 손가락 여섯 개는 특별한 증거나 목격자가 없는 그의 범행을 단지 살인마의 것으로 위장할 좋은 수단이 되어준다. 여섯 번째 희생자를 통해 "왼손으로 넘어간 단지 살인마에 대한 공포가 또다시 전국을 휩쓸"(80쪽)고 세상은 어지러워졌지만 장영민은 수사망에 오르지 않는다. 장영민은 자신의 범죄를 단지 살인마의 범행으로 언급한 인터넷 기사와 SNS의 문장들을 읽으며, 자신을 억누르던 무언가가 "한없이 가벼워져 휘발되는 느낌"을 받는다. 스스로 "윤리적인 소멸"이라고 부르는이 과정과 함께 "어느 정도 불안감이 가시자 의식의 공백 상태가 찾아"(81쪽)오고 이를 해소하기위해 장영민은 우연히 만난 레스토랑의 점원 승희에게 몰디브로의 여행을 제안한다. "인도양의깨끗한 하늘과 무심한 바다"(83쪽)에서 보낸 시간은 새로운 사랑이 시작될지도 모른다는 기대를품게 하기 충분했지만, 승희는 자신에겐 다음 달군대에서 제대하는 남자친구가 있다는 말을 하며이 모든 것을 "비밀 추억"(85쪽)으로 간직하자고말한 후 떠난다.

여행에서 돌아온 후 단지 살인마의 일곱 번째 희생자가 나오고, 그 대상이 "임신 27주 차의 임산부"(86쪽)란 사실에 사람들의 분노와 공포는 극에 달한다. 장영민은 단지 살인마의 패턴을 파악하고 자신이 잠시 그 과정에 잠입한 후 흔적도 없이 나왔다는 사실에 만족하며 다시 일상으로 돌아간다. 하지만 평온은 오래가지 않고, 장영민의 오피스텔에는 그를 단지 살인마라 지칭하며 적힌 번호로 전화를 하라는 편지가 도착한다. 증거 없는 단순한 의심이라 판단했지만 협박범이 보낸 동영상에는 장영민의 범행이 고스란히 담겨 있었고, 장영민은 자신이 빠져나갈 수 없는 궁지에 몰렸다는 것을 알게 된다. 장영민은 자신이 알고 있는 유일한 단서인 전화번호를 통해 협박범의 정체를 찾아간다. "사이버 흥신소"를 통해 찾아낸 전화 가입자는 얼마 전 사망한 황인혜이고, 이 전화를 사용하고 있는 사람은 남편인 손동식이었다. 장영민은 흥신소를 통해 알아낸 정보를 바탕으로 경비 용역업체 직원으로 일하는 손동식 주변을 맴돌고, 그의 부재를 틈타 빈집으로 잠입

한다. 장영민의 기대와는 달리 금방 귀가한 손동식과 장영민은 마주치고, 장영민은 한발 빨리 집안을 뒹구는 소주병으로 그를 제압하는 데 성공한다. 육체적으로 제압당한 까닭인지, 아니면 자신을 억누르던 죄책감에 대한 양심의 발로인지 알 수 없지만 손동식은 장영민에게 순순히 지금까지의 일을 고백한다. 손동식에 따르자면, 그는 장영민의 살인 현장을 우연히 목격하였고, "신고보상금"(132쪽)을 챙기기 위해 장영민을 미행해 그의 집까지 알아냈던 것이다. 하지만 손동식은 장영민을 신고하는 대신 정관수술을 했음에도 불구하고 임신을 한 아내 황인혜를 단지 살인마의 범행으로 위장해 죽이는 것을 먼저 선택한다. 법의 수사망을 피해 아내를 살해하는 데 성공한 손동식은 장영민을 협박해 돈을 뜯어 한국을 떠나려 계획했던 것이다.

어린 시절 자신에게 끔찍한 수치심과 모멸감을 준 동창을 찾아내 죽인 장영민과 다른 사람의 아이를 임신한 것으로 의심되는 아내를 살해한 손동식은 똑같은 모방범이며, 단지 살인마가 사회에 가져온 공포와 혼란을 이용해 개인적 원한을 제거한 살인자들이다. 장영민은 자신과 다른 듯 닮은 손동식의 모습에 일종의 동질감과 연민을 느끼며 그를 죽이지 않고 그냥 돌아온다. 모든 것이 잠잠해질 것이라는 장영민의 바람과는 달리 "뺑소니차에 치여 죽은 여덟 번째 희생자"(144쪽)가 등장한다. 장영민은 그가 "십계명의 여덟 번째"인 "도둑질하지 말라"(145쪽)를 어긴 "좀도둑"(144쪽)이라는 사실을 확인한 후 알 수 없는 신의 섭리가 질서 있게 작동하는 모습에 전율하는 동시에 세상 모든 사람이 연쇄살인범과 피해자가 된 것 같은 무질서에 지독한 혼란을 느낀다. 장영민을 더욱 힘들게 한 것은 손동식으로, 그는 장영민에게 시도 때도 없이 전화해 자신의 죄책감과 죽은 아내가 찾아오는 악몽, 좁혀오는 수사망이 주는 심리적 불안을 호소한다. 이 고통을 이기지 못하고 자수를 하겠다는 손동식의 전화를 받은 장영민은 그를 단지 살인마의 아홉 번째 희생자로 만들어 살해하겠다는 계획을 세우지만, 보다 빨리 행동한 손동식에 의해 죽임을 당한다. 손동식은 장영민의 죽음을 자살로 꾸미고, 보관하고 있던 아내의 잘려진 손가락 일곱 개를 그의 시신에 남겨둠으로써 그를 죄책감을 이기지 못하고 스스로의 목숨을 끊은 단지 살인마로 위장한다. 『단지 살인마』는 자신의 사후를 서술하며 손동식의 빠른 행동력과 계획에 찬사를 보내는 죽은 장영민의 상념으로 끝이 난다.

이 마지막 장면에서 장영민은 자신의 손가락 열 개와 황인혜의 손가락 일곱 개를 합친 열일곱 개의 손가락을 간직한 채 죽는다. 장영민과 손동식 모두 서로를 죽이기 위한 계획에 착수했지만, "아귀가 안 맞네. 이러면 패턴이 무너지는데……"(160쪽)라고 십계명을 생각하며 멈칫거린 장영민의 십진법보다 죽거나 죽이거나로 단순하게 생각한 손동식의 이진법이 보다 빨랐던 것이다. 장영민의 죽음을 통해 단지 살인이라고 하는 연쇄살인이 끝났다고 생각한다면 그것은 너무나 단순한 독서이다. 당신이 이 책의 마지막 장면에서 읽은 것은 연쇄살인의 끝이 아니라 손동식이라는 살인자가 자신의 살인을 위장하는 방법을 연마하며 새로운 연쇄살인을 시작했다는 사실이기 때문이다. "16의 미숙함과 18의 성숙함 사이에서 17이 맵시 있게 고개를 쳐들고 있었다"는 최제훈의 말을 기억한다면, 열일곱 개의 손가락으로 남은 장영민의 시체는 새로운 연쇄살인범의 성장과 "맵시 있"(34쪽)는 등장을 알려주는 또 다른 서사의 프롤로그가 될 것이다.

3

『단지 살인마』는 독자들이 신뢰하는 탐정이 등장하여 혼란스러운 증거와 정황 사이에 몸을 숨긴 범인을 추리하는 고전적인 추리소설의 방식을 따르고 있지 않다. 주인공 장영민은 "안락의자 탐정"이란 표현으로 자신을 지칭하지만, 곧 살인자가 되고, 연쇄살인범이 되기 직전 죽음을 맞는다. 손동식의 위장이 성공적이라면 장영민은 미궁에 빠진 모든 살인을 저지른 "전대미문의 십계명 연쇄살인"(165쪽)의 주인공이 될 것이다. 『단지 살인마』는 마치 추리소설처럼 시작하지만 결국엔 범죄소설로 끝이 난다. 길지 않은 한 편의 소설에서 보여주는 롤러코스터를 탄 것 같은 주인공의 변화는 코난 도일 류의 추리소설에 익숙한 독자라면 어지럽겠지만 이러한 클리셰에 흥미를 느끼지 못하는 독자들에게는 매혹적으로 다가올 것이다. 현대의 다양한 철학이나 예술에서 설파한 것처럼 현대인은 고전 추리소설의 주인공처럼 자신을 안전한 윤리의 잣대 위에 위치시키지 못하기 때문이다. 이제 사회의 질서를 지키는 잣대는 종교나 윤리가 아니라 법률이다. 윤리적 죄책감에 신 앞에서 고해하기보다는 법정에 앉아 눈알을 굴리며 어떤 것이 자신에게 유리하고 이득이 될까를 고민하는 것이 현대의 인간이기 때문이다.

이런 현대인의 변화를 상징적으로 알려주는 것이 십계명이다. 장영민은 단지 살인마의 범행이 십계명의 계율을 따라 벌어지고 있음을 깨닫고 두 패턴을 하나씩 대조한다. 장영민의 설명에 따르자면 십계명과 범죄의 유비는 이렇다.

1. 나 이외에 다른 신들을 섬기지 말라—보스를 바꾼 조직원

2. 우상을 만들지 말라—아이돌 그룹의 사생팬

3. 하나님의 이름을 망령되이 부르지 말라—"예수 천국, 불신 지옥"을 외친 노파

4. 안식일을 거룩히 지키라—주말도 없이 일을 시킨 공장 사장 (28쪽)

장영민은 다섯 번째 희생자와 십계명이 일치하는 것을 확인한 후 이 패턴에 대해 확신하지만 사실 이러한 믿음은 현대사회에 대한 약간의 성찰도 없이 만들어진 거대한 허상에 불과하다. 장영민이 살고 있는 '지금 여기'는 기독교의 십계명을 지켜야 한다는 사명감이나 믿음이 사라진, 아니 이러한 것을 지키는 것 자체가 가능하지 않은 세속적 자본주의 사회이기 때문이다. 십계명은 잘 알려진 것처럼 종교적 금지를 적시한 첫 번째부터 네 번째까지의 계명과 부모에 대한 공경을 말하는 다섯 번째 계명, 그리고 인간 사회의 갈등을 표출하는 폭력과 욕망을 금지하는 여섯 번째

부터 열 번째까지의 계명으로 이루어져 있다. 종교를 믿고 따르는 사람보다 무신론자가 더 많은, 그리고 종교의 자유를 보장하는 다신교 사회에서 유일신에 대한 신성한 약속을 말하는 십계명의 전반부는 이미 유명무실해진 규약일 뿐이다. 이러한 사실은 단지 살인마의 희생자들을 자유롭게 섞어 다른 계명의 위반자로 판단해도 결과가 크게 달라지지 않는다는 점에서 분명해진다. 자기 자신을 "유물론자"(18쪽)라고 밝히는 장영민은 "살인을 하지 말라"라는 여섯 번째 계명에 어린 시절의 자신을 살해한 것과 다르지 않은 양승범을 대입하지만 정작 이 계명을 어기고 있는 것은 바로 자기 자신이다. 이후 장영민은 남자친구가 있는 승희에게 공짜 여행이라는 매력적인 제안을 하여, 비록 사전에 그 사실을 몰랐다고는 하지만, "간음하지 말라"는 계명을 어기게 되고, 자신의 범죄 증거를 찾기 위해 손동식의 집에 몰래 잠입해 "도둑질하지 말라"는 여덟 번째 계명까지 어기게 된다. 또한 단지 살인마의 사건을 통해 자신의 원한과 고민을 해결하려고 한 모든 행위는 아홉 번째 계명인 "거짓 증언을 하지 말라"에 대한 완전한 거역이다.

소설에 기술된 장영민의 모습에서 배덕자의 흔적을 찾아내는 것은 그가 죽어 마땅한 살인자라는 사실을 알려주기 위함이 아니다. 십계명이란 패턴을 놓고 보자면 희생자의 위치에 놓일 수 있는 것은 특별한 소수가 아니라 거의 대부분의 현대인이라는 점을 말하고자 하는 것이다. 분명하게 알아두어야 할 것은 『단지 살인마』의 서사는 피해자의 사연과 고통, 그들이 느끼는 공포에 맞춰져 있는 것이 아니라 연쇄살인의 흔적을 따라가며 자신들의 살인을 공모하고 실행하는 살인자들의 심리에 대부분을 할애하고 있다는 점이다. 이렇게 볼 때 십계명은 피해자를 특정할 수 있는 유효한 패턴이 아니라 살인자에 대한 관심을 다른 곳으로 돌리는 맥거핀macguffin에 불과하다는 것이 명확해진다. 십계명과 같은 피해자의 패턴으로 소설을 읽자면 『단지 살인마』와 유사한 것은 최제훈이 인터넷상의 가설을 빌려와 알려준 것처럼 애거사 크리스티의 『그리고 아무도 없었다』(1939)가 될 것이다. "살인과 함께 카운트다운 하듯 하나씩 잘려나가는 손가락. 무언가 떠오르지 않는가? 고립된 섬에 초대된 열 명의 남녀, 한 명씩 살해될 때마다 사라지는 인디언 인형. 그렇다, 애거사 크리스티 여사의『그리고 아무도 없었다』와 유사한 설정이다."(22쪽) 영화를 소개하는 거창한 목소리의 톤을 흉내 내어 그럴듯하게 말하는 것 같지만 이는 독자의 시선을 다른 곳으로 돌리는 현혹에 불과하다.『단지 살인마』의 서사가 펼쳐지는 공간은 고립된 섬이 아닌 한국 전체이고, 피해자도 그곳에 모인 특정한 인물이 아니라 불특정한 다수이기 때문이다.

『단지 살인마』를 읽을 때 유효한 패턴은 피해자로 치우친 시선을 살인자로 돌릴 때 분명하게 보인다. 애거사 크리스티의 작품에서 패턴을 찾자면 그것은『그리고 아무도 없었다』가 아니라 살인의 욕망과 법망을 피할 수 있는 계획에 보다 깊이 천착하고 있는『ABC 살인 사건』(1936), 그리고『오리엔트 특급 살인』(1934)이 보다 유익한 참조가 될 것이다. 애거사 크리스티가 창조한 탐정 푸아로는 미궁에 빠진 것처럼 보이는 두 사건을 조사하며 범인이 만든 의도적 혼돈에서 질서와 체계를 발견한다. 피살자의 이름과 거주하는 지역의 이니셜이 동일한 살인 사건이 연속적으로 발생하여, 'ABC 살인 사건'이라 이름 붙여진 범죄를 조사하던 푸아로는, 이니셜로 패턴화되어 있는, 하지만 희생자를 전혀 예상할 수 없어 수사의 막다른 길에 몰린 경찰—"이자는 닥치는 대로 죽이고 있습니다. 그게 제 생각입니다."[1]—에게 정체를 감춘 살인자에 수사의 초점을 맞춰야 한다고 강조하며 다음과 같이 말을 한다. "이 미치광이가 왜 이런 살인을 저지르는지 정확한 이유를 알아낸다면, 우리에게는 그저 정신 나간 것처럼 보이지만 그에게는 논리적인 그 무엇이 드러날 겁니다."(133쪽) 이러한 믿음을 바탕으로 푸아로는 연쇄살인을 가장해 자신의 형을 죽인 범인

---

[1] 애거사 크리스티, 『ABC 살인 사건』, 김남주 옮김, 황금가지, 2013, 133쪽. 이후 같은 책에서의 인용은 가져온 구절 옆에 쪽수만 병기하겠다.

—세 번째 피해자의 재산을 노린 동생—을 찾아
낸다. 『오리엔트 특급 살인』에서 푸아로는 폭설
때문에 잠시 정차한 기차 안에서 발생한 살인 사
건을 추리한다. 밀폐된 것과 다름없는 공간에서
벌어진 살인이기 때문에 용의자가 열두 명으로
한정된 사건을 조사하던 푸아로는 이들 각자가
특별한 한 사람에게 혐의가 집중될 수 없도록 하
는 알리바이를 나눠 가지고 있다는 점을 알게 된
다. 심사숙고한 푸아로는 용의자들을 모이게 하
고 자신이 내린 두 가지 가설을 들려준다. 하나는
범인이 외부에서 침입했다는 것이고, 다른 하나
는 모든 사람이 범죄에 연관되었다는 추리이다.
푸아로는 이렇게 말한다. "놀랍게도 승객 중 어느
한 사람을 범인이라고 증명하기가 너무나 어려웠
습니다. 신기하게도 승객 각자의 알리바이를 입
증해주는 증언이 전혀 생각지도 못한 사람에게서
나오는 상황이었습니다. (중략) 그리고 나서 전
상황을 이해하기 시작했습니다. 모두가 관련되어
있었던 겁니다."[2]

연쇄살인의 패턴을 인위적으로 만들어 그 안

에 한 인간을 죽이려는 진짜 살의를 은폐한 『ABC 살인 사건』과 복수의 범인이 범죄의 흔적을 나눠 가지는 방식으로 살인을 저지른 『오리엔트 특급 살인』은 『단지 살인마』의 서사를 관통하는 핵심 이다. 장영민과 손동식은 단지 살인마라는 가상 의 범인에게 쏠린 세상의 관심과 수사에 자신들 의 살의를 끼워 넣는다. 그리고 그들의 개입과는 무관하게 연쇄적으로 벌어지는 살인은 이것은 한 명의 살인마에 의해 치밀하게 준비된 범죄가 아 니라 다수의 인간들에 의해 벌어진 피의 카니발 이라는 점을 분명하게 알려준다. 최제훈이 쓴 것 처럼 다섯 번째 희생자는 "네 번에 걸쳐 열 개의 손가락을 잘라낸 베테랑"의 솜씨답지 않게 손가 락의 "절단면이 보기 흉하게 너덜너덜"(30쪽)하 고, 여섯 번째와 일곱 번째는 장영민과 손동식에 의한 모방 범죄이며, 여덟 번째는 "뺑소니 운전 자가 단지 살인마를 가장하려고 손가락 여덟 개

2) 애거사 크리스티, 『오리엔트 특급 살인』, 신영희 옮김, 황금가지, 2013, 328쪽.

를 자른 게 아니냐"(144쪽)는 합리적 의심이 대두된다. 『단지 살인마』에 서술된 연쇄살인이 하나의 살인자에 의한 범행이 아니라 손가락을 자르는 살인자들의 암묵적 합의에 의해 진행된 개별적 살인이라면 최제훈이 창조한 '지금 여기'의 한국을 닮은 이 공간은 법망을 피할 수 있는 구실만 던져진다면 언제든지 타인의 심장에 칼을 꽂을 수 있는 달리는 기차와 다르지 않다. 기차가 잠시 정차한 사이 객실을 오르내리는 누군가의 뒤에 자신의 알리바이를 숨길 수만 있다면 기꺼이 손을 뻗어 죽이고 싶은 사람의 경동맥을 조르는 사회. 선한 얼굴을 하고 자리에 얌전히 앉아 있는 것처럼 보이지만 기차가 터널로 들어가 찰나의 암흑이 찾아오면 각자의 도구를 들고 타인의 등 뒤로 다가가는 공간. 최제훈의 끔찍한 미로는 단지 살인마의 범행을 따라 설계되고, 장영민의 죽음으로 완성된다. 장영민은 손동식의 계획처럼 단지 살인마가 되어 모든 범죄와 처벌을 독점하겠지만 그걸로 모든 살인이 끝나진 않는다. 이미 지적한 것처럼 『단지 살인마』의 마지막 장면에서 손동식이라는 새로운 연쇄살인범이 탄생하고 있기 때문이다. 최제훈의 미로는 그곳을 탈출했다고 믿는 순간 다시 눈앞에 펼쳐진다. 모든 사람이 살인에 관련되어 있는 사회, 윤리나 정의를 위해서가 아니라 개인적 이익과 원한을 해소하기 위해 타인을 살해할 준비가 되어 있는 사회, 그것이 최제훈이 만든 진정한 미로이다. 자를 손가락이 더 이상 없으니 더 이상의 살인은 없을 거라고 믿는 사람이 있다면 최제훈은 이렇게 말할 것이다. "발가락은 무시하냐?"(24쪽) 인간에게 잘려질 것은 너무나도 많다. 우리들의 살의는 신이나 윤리와 암묵적인 타협을 본 지 오래되었다. 단지但只 법의 처벌이 두려워 머뭇거리고 있을 뿐.

연못에 비 내리는 풍경을 좋아한다. 수면에 무수히 나타났다가 사라지는 동심원들은 시간의 흐름을 잊게 해준다.

여기저기 떨어지는 무상無常한 중심들,

파동으로 자신을 넓혀 서로에게 다가가는,

곡선으로 만나 겹쳐지며 새로운 무늬를 그리는,

들리는 건 은은한 빗소리뿐.

여섯 번째 동심원을 내놓는다. 빗방울의 공상을 종이에 인쇄하기까지 도와주신 분들에게 감사드린다. 연못에서 우연히 만난 당신께도 반가운

마음을 전한다. 우리는 모두 어딘가에 닿기 위해
퍼져 나가고 있다.

2020년 가을

최제훈

단지 살인마

지은이 최제훈
펴낸이 김영정

초판 1쇄 펴낸날 2020년 9월 25일
초판 3쇄 펴낸날 2021년 5월 28일

펴낸곳 (주)현대문학
등록번호 제1-452호
주소 06532 서울시 서초구 신반포로 321(잠원동, 미래엔)
전화 02-2017-0280
팩스 02-516-5433
홈페이지 www.hdmh.co.kr

ISBN 979-11-90885-32-4 04810
     978-89-7275-889-1 (세트)

* 책값은 뒤표지에 있습니다.
* 이 도서의 국립중앙도서관 출판예정도서목록(CIP)은 서지정보유통지
  원시스템 홈페이지(http://seoji.nl.go.kr)와 국가자료공동목록시스템
  (http://kolis-net.nl.go.kr)에서 이용하실 수 있습니다.
  (CIP제어번호: CIP2020038964)

〈현대문학 핀 시리즈〉는 당대 한국 문학의 가장 현대적이면서도
첨예한 작가들을 선정, 월간 『현대문학』 지면에 선보이고 이것을
다시 단행본 발간으로 이어가는 프로젝트이다. 여기에 선보이는
단행본들은 개별 작품임과 동시에 여섯 명이 '한 시리즈'로 큐레
이션된 것이다. 현대문학은 이 시리즈의 진지함이 '핀'이라는 단
어의 섬세한 경쾌함과 아이러니하게 결합되기를 바란다.